THÉA
POUR L'ÉTERNITÉ

Soon

Une collection dirigée par Denis Guiot

ISBN : 978-2-74-851223-6

FLORENCE HINCKEL

THÉA POUR L'ÉTERNITÉ

SYROS

PREMIÈRE PARTIE

Celle que j'étais

CHAPITRE 1

Je n'avais pas encore seize ans. Je devais les fêter le mois suivant et ça comptait beaucoup à mes yeux. Ce n'était pas encore la majorité, mais quand même. Tenez, par exemple, dans tous les contes, les princesses ont seize ans. Et dans nos têtes, ces princesses ont et auront éternellement seize ans. C'est l'âge où l'amour éternel peut nous tomber dessus. C'est l'âge où on est la plus jolie. D'ailleurs, si vous regardez bien, la plupart des top-modèles en vogue ont cet âge-là. Au-delà, elles sont déjà considérées comme vieilles. C'est à seize ans qu'on fait rêver. Pour les garçons, c'est pareil. Aujourd'hui, un garçon charmant est un garçon androgyne. Pas trop musclé, fin, le visage doux d'un ange. Gracieux. Lisse. Juvénile.

Et puis franchement, les adultes autour de moi ne me montraient rien qui me fasse spécialement envie. Il me suffisait de regarder madame Bagnolet, la prof de sciences physiques.

3 mars. Je me souviens bien de ce jour-là. Dans la classe, on n'entendait que le tapotement sinistre de nos doigts sur les claviers. L'ennui suintait de chacun de nous, mais plus encore de madame Bagnolet, qui commentait d'une voix monocorde et sans illusions le document qu'elle venait de nous envoyer. Il était projeté aussi devant nous sur le tableau blanc où elle promenait lentement son stylo-laser. Elle répétait tout ça pour la cinq cent millionième fois de sa carrière, consciente du bruit de fond morne qu'elle nous imposait. Ce jour-là, j'avais essayé d'imaginer ce qu'était sa vie. Avec ses rides, ses fesses tombantes, ses cheveux grisonnants, son quotidien était forcément sans fête, sans joie, sans surprise. Je ne pouvais pas imaginer les choses autrement. Non, je ne pouvais pas, parce que rien ni personne ne me prouvait le contraire.

On se regardait par moments, avec Zoé qui était assise un peu plus loin à droite, juste à côté de cette grande bringue de Tom au visage constellé de boutons. On est d'accord: l'âge de seize ans convient mieux à certains qu'à d'autres. Mais Zoé l'aimait bien et parfois elle décidait de s'asseoir à ses côtés pour lui balancer des sourires qui devaient sans doute le faire fantasmer comme un malade le soir. Elle était comme ça, Zoé, elle s'en fichait de traîner avec des mecs complètement *out*. Elle s'en fichait de ce qu'on pensait d'elle, et je l'admirais vraiment pour cette raison. D'ailleurs, pour bien le montrer, elle avait un look invraisemblable.

Un look d'enfer ! Elle s'était teint les cheveux en rouge, qu'elle portait mi-longs, ce jour-là réunis en une dizaine de petites queues-de-cheval. Sa coiffure était ce qu'on voyait en premier chez elle, juste avant son maquillage : trait épais d'eye-liner noir et fond de teint très pâle. Une robe en laine orange tombant jusqu'à ses pieds moulait son corps très joliment, je trouvais. Une dizaine de colliers et de bracelets clinquants brillaient sur sa poitrine et ses poignets. Elle ôtait les bracelets en cours pour que ça ne fasse pas trop de bruit, et ils dormaient à côté de sa trousse comme une promesse de vie, de joie et de bruit en dehors du bahut. Pour finir, d'énormes chaussures montantes semblaient ancrer cet être surnaturel sur Terre.

Moi, j'avais l'air fade à côté d'elle. Mais jamais je n'aurais osé un look pareil. Je préférais qu'on ne me remarque pas.

Zoé se frotta la joue du dos de la main en soupirant, avant de me faire une grimace qui m'arracha un sourire. Heureusement qu'elle était là, ma super-copine. La trentaine d'autres élèves de la classe ne lui arrivaient pas à la cheville, même si quelques-uns d'entre eux étaient assez sympas. Puis, pour tromper mon ennui, comme j'étais assise à dessein à côté de la fenêtre, je laissai mon regard voguer au-dehors.

Ce fut ma toute première erreur de la journée.

Le froid avait depuis longtemps déshabillé les branches des arbres. Le vent les faisait danser nues, avec indécence et désinvolture. La Nature ne se plaignait jamais : je me souviens de cette pensée que j'eus à ce moment-là. Puis je promenai mon regard sur les murs blancs du gymnase, juste en face. Au-delà, des élèves couraient péniblement autour du stade. Ils devaient se geler tout en suant et je les plaignais avec paresse. Un couple se bécotait contre la porte des vestiaires. Ah ah! Avec un peu de chance, ça pouvait être des élèves que je connaissais et j'aurais ainsi un scoop fabuleux dont on rirait pendant des heures avec Zoé. Enfin un peu de croustillant dans ce monde en caramel mou... J'attendis patiemment qu'ils se dégagent l'un de l'autre. De vrais mollusques, ma parole! Je reconnus assez vite la fille adossée à la porte de métal vert. Une seule nana dans tout le bahut possédait une aussi longue crinière blonde. C'était d'un ridicule totalement inconscient de sa part. Tout le monde la surnommait Barbie, dont elle était le sosie, singeant jusqu'à son sourire stupide. Ça n'empêchait pas les garçons de baver devant elle comme des bêtes. Il s'agissait donc de Mia, *pom-pom girl* de son état, pour parfaire le tableau. Un stéréotype à elle toute seule. J'étais très curieuse de savoir quel pouvait être cette fois l'idiot tombé dans son panneau orné de dentelles roses écœurantes. Un joueur de l'équipe de foot dont elle et son équipe à jupettes blanches hurlaient les mérites à chaque match en gigotant? Ou bien de l'équipe de rugby? Ou encore un athlète? Mais celui-ci n'avait pas les épaules assez carrées. Ou alors un de ces beaux gosses qui arpentaient les couloirs du lycée, aussi minces que les mannequins des magazines ou les chanteurs à la mode, le cheveu fin, la mèche mouvante, profil grec et face douce? Beaux, féminins, troublants mais sans danger.

Leur pelotage cessa enfin. Madame Bagnolet en était à :

– *... élément chimique qui se conserve lors d'une réaction. Il existe un nombre limité d'éléments chim...*

Ou quelque chose comme ça. Dans le froid du dehors, à une vingtaine de mètres de notre bulle d'ennui collectif, le garçon prit la main de Mia et ils se mirent tous deux à marcher en direction des portes du lycée. Le mollusque leva la tête l'espace d'un millième de seconde.

Ce fut à ce moment-là que je crus mourir de crise cardiaque.

Théo.

On se connaissait depuis qu'on était tout petits. Vous savez, le cliché des voisins qui jouent d'abord à la balle ensemble sur le trottoir, puis s'invitent dans leurs jardins, se font des signes par la fenêtre, organisent des cérémonies d'enterrement pour lézards et oiseaux derrière la cabane à outils, se donnent des rendez-vous à pas d'heure contre la haie de séparation des jardins pour se chuchoter des secrets... Tout ça, je l'avais vécu avec Théo. Il y avait aussi le miracle de nos deux prénoms. Certes, on était nés l'année où les prénoms courts étaient à la mode, c'était donc normal qu'ils ne se composent que de deux syllabes. À présent, c'était la mode des prénoms composés et tous les bébés s'appelaient Charles-Henry ou même Marie-Antoinette. Je dois dire qu'on avait eu chaud. J'aimais bien mon prénom, Théa. Mais que les voisins qui avaient emménagé l'année de mes trois ans aient un fils du même âge nommé Théo, ça semblait être un signe du destin. Non ? Si.

Théo et moi avions conclu notre serment juste derrière le plus grand panneau publicitaire de la ville, où s'illuminaient des holos vantant jeunesse, réussite, performance. Les unes ne pouvant aller sans les autres, bien sûr. Nous on était du côté sans publicité, dans le parc jouxtant l'artère saturée de voitures à turbine. J'avais toujours aimé cet endroit. Théo et moi nous y rendions tous les jours, depuis qu'on nous laissait nous balader tout seuls. On avait plus de liberté que dans nos jardins. Et un après-midi on avait délaissé les balançoires, le haut des arbres, la poursuite des fourmis, la chasse aux cloportes et nos jeux de cache-cache ou de loup pour s'allonger dans l'herbe, juste là au pied du pyracantha qu'on appelle buisson-ardent et dont il ne fallait pas ingérer les petits fruits rouges, sous peine de gros mal de ventre. Pour jouer j'en avais posé trois baies sur les lèvres de Théo qui rêvait face au soleil, yeux fermés. Il avait souri, puis les avait fait couler dans son cou en élargissant son sourire. Elles avaient atterri dans l'herbe, trois boules rouges perdues dans le vert. Il avait ouvert les yeux en disant : « Faut faire mieux que s'empoisonner, Théa. » Je lui avais répondu : « Ah bon, quoi ? » Et il s'était assis, avant d'extraire un tout petit canif rouge de sa poche. Mon cœur avait battu plus vite. Je me souvenais de cette vieille histoire, Roméo et Juliette, morts à seize ans. Seize ans, bien entendu. On se souviendrait de nous comme de ce couple mythique, Roméo, Juliette, éternellement jeunes, éternellement beaux, éternellement amoureux. Mais je m'étais vite ressaisie en réalisant que nous n'en avions que douze, que nous avions, nous, toute liberté de nous aimer et donc aucune raison de mourir, et dans un second temps qu'en réalité jamais nous n'avions vraiment parlé d'amour.

Il n'avait pas planté son canif dans sa poitrine ni dans la mienne. La lame trop petite n'aurait de toute façon jamais atteint le cœur ni aucune artère vitale. Il avait tendu sa main paume vers le ciel, doigts vers moi. Il les avait tous repliés sauf l'index, puis de l'autre main, avec le canif, avait vivement entaillé la chair de la troisième phalange. J'avais retenu un cri. Le sang avait perlé. Nous l'avions contemplé quelques secondes, fascinés, et il m'avait regardée dans les yeux. J'avais compris, tendu la main à mon tour et retenu mon souffle. Il n'avait pas hésité et avait fait le même geste à ma place. Il avait ensuite plaqué son doigt contre le mien, entaille contre entaille, sang contre sang. Est-ce qu'on ne dit pas plutôt sang pour sang? Trois gouttes étaient tombées, dans le vert des herbes juste en dessous.

«Pour la vie», avait-il dit. Et j'avais répété «Pour la vie», me demandant seulement sans oser le dire: *Quoi, pour la vie? Amis, ou plus, ou quoi?*

Et la vie avait continué jusqu'à ce 3 mars. On était toujours amis, ça oui, et j'avais souvent cru qu'on était plus que ça, sans pour autant en avoir jamais de preuves. Parfois on était dans la chambre de l'un ou de l'autre et on écoutait de la musique allongés côte à côte sur le lit, nos bras se frôlaient ou se touchaient carrément, ou bien nos cuisses. Il arrivait que mes cheveux se mêlent aux siens. Il ne bougeait pas, moi non plus. Comment savoir si ce qui se passait dans son cœur ou sa tête ressemblait à la tempête dans les miens? Est-ce que je vibrais toute seule? Jamais pu deviner. Il fermait les yeux, il souriait. Il savait faire ça formidablement bien, baisser les paupières, hausser les commissures des lèvres, et alors il ressemblait à un ange parfaitement indéchiffrable mais aussi très beau. Il disait : « Tu es la seule personne avec qui je peux rester des heures sans rien dire. » Il le disait en me jetant l'un de ses sourires, je pensais à « Pour la vie », aux trois gouttes dans l'herbe, et une flèche se fichait dans mon cœur. Il ajoutait, une éternité plus tard : « La seule aussi à qui je puisse tout dire. »

Sauf qu'il ne m'avait pas dit, pour Mia, et que je découvris ça toute seule, et là ce furent non pas une mais quarante-trois mille flèches plantées dans mon petit organe qui pulse. Et que pouvais-je dire puisqu'il ne m'avait jamais parlé d'amour ? Il ne m'avait pas trompée, non. Il était venu écouter de la musique dans ma chambre pas plus tard que la veille, sans parler de Mia ou de son intention de sortir avec elle. Pourtant, je le connaissais, ça ne pouvait pas être sur un coup de tête. Il était forcément amoureux. Il devait y penser depuis un moment.

Il était amoureux...

CHAPITRE

2

– T'as vu un fantôme ou quoi?

La fin de la première heure venait de sonner, mais c'était moi qui l'étais le plus. Sonnée, je veux dire. Zoé était redevenue clinquante, bracelets glissés aux poignets dès la sonnerie. Son parfum sucré me prit à la gorge. J'avais rangé mes affaires dans mon sac et m'étais dirigée vers le couloir à la façon d'un automate. Zoé m'avait vue passer devant elle sans lui faire un seul signe ou lui adresser un seul mot, et ça l'avait étonnée. Aussi avait-elle bondi sur moi au moment où je longeais la rangée de casiers. Elle était désormais accrochée à mon bras. J'avais du mal à me reconnecter à la réalité, encore sous le choc de ce que je venais de voir.

– J'ai compris : c'est toi le fantôme !

Elle se mit à afficher une expression horrifiée destinée à me faire rire. Échec total.

– Mais qu'est-ce que t'as? finit-elle par abdiquer.

À ce moment-là, je ne pus retenir mes larmes.

– Merde! jura-t-elle. Je crois qu'il faut déployer l'opération Confession-suivie-de-consolation. Suis-moi.

– Mais on a... snif... maths... snif... dans cinq minutes...

– C'est pas un bon calcul d'y aller tout de suite. Viens, je te dis.

Zoé m'entraîna hors des regards. Le plus important, selon elle, était que personne ne voie mes larmes. Moi je m'en fichais à ce moment-là. Elle colla son oreille à plusicurs portes de salles de classe avant d'en trouver une inoccupée. Je m'effondrai sur la première chaise qui s'offrit à moi et déballai tout à Zoé, qui bien entendu connaissait mon amour éperdu – et platonique – pour Théo.

– Merde! répéta-t-elle. Mia? Il baisse dans mon estime, ton Théo d'amour.

– Bouhouhou...

– Mais c'est une chance que ce soit pour elle qu'il ait craqué! Vois les choses comme elles sont: bon, il a été attiré par Barbie, ce qui est humain pour un mec. Mais il va vite s'ennuyer, c'est couru d'avance!

– Tu... snif... crois?

– Mais oui! Ça ne va pas durer plus de deux jours. Et en plus, en comparaison tu paraîtras fantastique. C'est que... je veux dire: tu es fantastique! Crois-moi. C'est la meilleure chose qui pouvait t'arriver.

Qu'est-ce qui pouvait remplacer une pareille amie? Je lui fis un pauvre sourire. Elle parvint à me convaincre et je réussis à sécher mes larmes assez rapidement. Grâce à son miroir de poche et une touche de maquillage, je retrouvai forme humaine en quelques gestes. Mes yeux étaient un peu rouges, je reniflais encore comme une gamine de trois ans, mais ça passait. On ne manqua que quelques minutes du cours de maths. Mais la journée ne faisait que commencer.

Je rentrais toujours chez moi pour la pause-déjeuner, d'abord parce que je n'habitais pas loin du bahut, ensuite parce que Maman oubliait tout le temps de payer la cantoche. Ce n'était pas de gaîté de cœur, j'aurais préféré mille fois rester avec Zoé pour rigoler, mais ça finissait par être la honte de recevoir des rappels incessants du comptable de l'établissement. Il y avait une autre raison : Théo, lui aussi, rentrait de temps à autre chez lui, et c'était une occasion de plus de passer du temps en sa compagnie. Cette fois, il allait rester sur le campus, c'était certain : je l'avais vu suivre Mia vers le réfectoire. Du coup, ce jour-là, le trajet jusque chez moi me parut franchement sinistre.

On habitait un quartier un peu déshérité, en bordure de ville. Les petites maisons aux murs aussi fins que du carton et aux petits bouts de jardin étaient modestes, c'est vrai, pourtant aucun de leurs habitants n'aurait eu l'idée de se plaindre. On se trouvait très, très chanceux de vivre dans des maisons individuelles. Les plus pauvres, nombreux, vivaient dans des appartements minuscules perdus dans de grandes barres de béton, à l'opposé de la ville. Mes parents avaient eu la bonne idée d'acheter cette maison quand ils étaient encore ensemble et que Maman travaillait. Ils avaient fini de la payer. C'était ce qui nous sauvait du pire, sans doute.

Ça ne m'empêchait pas d'avoir la gorge serrée à chaque fois que j'ouvrais la porte d'entrée de notre pavillon. Papa était parti vivre loin de la grande ville, dès que Maman et lui s'étaient séparés alors que j'avais dix ans. Je n'avais jamais compris ce qui leur avait pris à tous les deux. Aucun d'eux n'était tombé amoureux de quelqu'un d'autre, et d'ailleurs depuis leur séparation aucun n'avait refait sa vie, comme on dit. Peut-être que tout simplement Papa n'en pouvait plus de la ville, dont il se plaignait tout le temps. Et Maman, elle, ne voulait pas la quitter. Elle y avait un bon job, où elle grimpait les échelons à une vitesse faramineuse. Elle bossait à L-TV, l'une des chaînes de télévision les plus regardées sur le Net. D'abord habilleuse, puis assistante de production, elle avait été promue présentatrice d'une émission culturelle et enfin, consécration, d'un nouveau concept de chasse aux *people*. En réalité les *people* en question étaient dans le coup, mais Maman faisait comme si elle les traquait pour de bon, tentant de choper la moindre image d'eux, jusque dans leur plus stricte intimité. Papa détestait ce boulot pour lequel elle se passionnait, et je crois que ça avait contribué pour beaucoup à son départ. Un jour il avait annoncé à Maman :

– Écoute, Rachel, j'ai démissionné. Je n'en pouvais plus de ce job de médiation post-emploi.

Pour dire les choses clairement, Papa, qui avait une formation de psychologue, était chargé par plusieurs grosses entreprises d'annoncer le plus diplomatiquement possible à des employés qu'ils étaient virés. D'après ce qu'il racontait, ça tournait souvent au drame. Pleurs, cris, supplications. Plusieurs fois on lui avait sauté à la gorge. Mais ce qu'il avait eu le plus de mal à supporter, c'étaient les deux suicides qui s'étaient succédé quelques mois après une procédure de licenciement. Il n'en était pourtant pas responsable, mais il lui semblait soutenir un système qui l'écœurait de plus en plus.

– Ce n'est pas tout, avait-il continué. Je m'en vais. J'ai trouvé une petite maison à louer sur l'île de Portbrise.

– Ce trou paumé! Ne compte pas sur moi pour te suivre!

– Je n'y comptais pas, Rachel...

– Mais... de quoi vas-tu vivre?

– Je vais sculpter.

– Tu vas... quoi?

– Modeler, sculpter. Créer des formes. Tu sais que j'ai toujours aimé ça, sculpter, mais je n'en avais plus le temps.

Maman avait très rapidement décrété que Papa était devenu cinglé. «Tous les psys finissent cinglés, j'aurais dû me méfier», ajoutait-elle. On m'avait plus ou moins demandé mon avis sur l'endroit où je voulais vivre, mais c'était vite vu puisqu'à Portbrise il n'y avait pas de lycée. De toute façon moi aussi j'aimais la ville et je ne me voyais pas m'enterrer dans cette île perdue à plus de cinquante kilomètres du rivage. La première ironie dans tout ça, c'est que les œuvres de Papa avaient vite connu un certain succès. Il exposait désormais dans le monde entier, et les quelques sculptures qu'il vendait lui permettaient largement de continuer sa petite vie modeste qui lui convenait si bien. Bien entendu, j'allais le voir souvent, pendant les vacances. Mais je m'ennuyais à mourir là-bas. Il n'y avait rien du tout, hormis un bistrot délabré qui ne servait pas la moindre bière à qui n'avait pas dix-huit ans, carte d'identité à l'appui. Les falaises étaient si escarpées qu'on ne pouvait même pas se baigner. Et je ne comprenais rien aux silhouettes façonnées et coulées dans le bronze par Papa, sur lesquelles il passait des heures et qui ne me paraissaient représenter rien d'humain. Pour moi, ce n'étaient que des masses informes ou torturées, piquées de bouts de métal, dignes d'un échappé de l'asile. Très vite, Papa n'avait plus su quoi me dire ni comment m'intéresser. Un fossé s'était creusé peu à peu entre nous. Et je commençais à me demander si, avec mes seize ans qui approchaient, je ne pouvais pas décréter que j'irais à Portbrise uniquement quand j'en aurais vraiment envie.

La seconde ironie, c'est que... un soir, j'étais rentrée du collège et j'avais trouvé Maman accroupie sur le canapé, une bouteille de whisky posée sur la table basse. Pas de verre, elle buvait directement au goulot. Son maquillage avait fait des coulées bleu et noir sous ses yeux. La déchéance totale, quoi. Et elle m'avait lancé :

– Ma puce, je suis virée.

Comme j'étais restée bouche bée, mon sac dans la main, elle avait continué en ricanant de façon sinistre :

– Hé oui ! Officiellement... Oh, bon sang, je réalise qu'ils ne m'ont même pas donné de raison « officielle » ! Ils m'ont juste présenté ma remplaçante : une jeune femme. Une très jeune femme, tu vois ? Non, tu ne vois pas ? Pas plus jolie que moi, non. Juste plus jeune.

Elle eut un hoquet, avant de continuer :

– Ils ont dit : « C'est elle qui va présenter l'émission désormais. » Puis ils ont ajouté : « Toi, on te propose un poste en or. Finis, les horaires de folie ! Tu verras quelle chance tu as ! »

Elle avait ri.

– Ils ont juste oublié que c'était par là que j'avais commencé. Tout simplement oublié. Habilleuse. Maquilleuse si je voulais. Enfin, n'importe quoi tant que je ne me montrais pas devant la caméra. Parce que tu vois, ça?

Elle avait posé ses deux mains sur ses joues, les tirant vers le bas. Puis elle s'était mise à tâter ses hanches, ses fesses, ses cuisses, sans ménagement, comme si elle était un bout de viande, comme s'il ne s'agissait pas d'elle-même. Elle me faisait peur.

– Ça, c'est vieux. Ça, ça, ça et ça. J'ai beau avoir tenté tous les liftings, toutes les injections de botox, toutes les opérations possibles et imaginables, j'ai beau avoir la peau lisse... Ça se voit, ma chérie. Ça se voit que je n'ai plus vingt ans. Et ça se voit que je lutte contre ça de façon pathétique.

Elle avait alors émis des gargouillis dégoûtants, avant d'éclater pour de bon en sanglots. Je l'avais détestée, à cet instant. Elle avait dû le sentir parce qu'elle m'avait lancé, avant que je ne monte les escaliers pour m'enfermer dans ma chambre et ne plus la voir ni l'entendre :

– Tu verras, Théa ! T'y échapperas pas, toi non plus ! Tout le monde vieillit, ma belle. Profite de ta jeunesse, c'est moi qui te le dis, profites-en !

J'avais claqué la porte de ma chambre.

Maman avait préféré refuser le poste d'habilleuse, par dignité, disait-elle. Elle ne supportait pas ce qu'elle vivait comme un affront. Jamais elle ne m'en informait mais je ne pouvais que me rendre compte au fil du temps des nouvelles opérations qui transformaient son corps : un jour ses seins étaient plus gros, un autre c'étaient ses lèvres. Ses paupières n'avaient presque plus de mobilité, et son nez était d'une finesse de poupée en porcelaine. Malgré tout, on voyait qu'elle avait cinquante ans, et les postes auxquels elle prétendait n'étaient plus pour elle. Elle subissait échec sur échec, dans sa volonté éperdue de s'exposer, séduire, être vue et admirée.

Ce jour-là du 3 mars, lorsque je rentrai à la maison, elle ne paraissait pas triste. Mais c'était pire que tout. La musique emplissait le pavillon, les notes graves se répercutant dans mon cœur, mon estomac, ma bile. Ma mère avait ce rire de tête que je lui détestais. Un verre d'alcool fort à la main, vêtue d'une robe couleur vieux rose scandaleusement échancrée, elle dansait, juchée sur des talons hauts, faisant virevolter ses boucles de cheveux faux blond.

– Théa, ma chérie, viens que je te présente ! Voici Joaquim, n'est-ce pas qu'il est charmant ?

Bon sang, il n'avait même pas trente ans ! Avec un sourire de loup visqueux, il posa une main sur la hanche de ma mère tout en me tendant l'autre. Je ne la saisis pas.

Maman se pencha vers mon oreille pour me chuchoter quelque chose, et les effluves d'alcool me donnèrent le tournis :

– Sois gentille, ma puce, c'est l'assistant du président de I-Télévision. Et il y a un poste de libre pour l'émission I-Météo...

– Maman...

Le pire du pire, c'était que le gars commençait à se rapprocher de moi. Il prit l'une de mes mèches de cheveux entre ses doigts, tout en susurrant :

– Hé, mais ta fille est pas mal du tout. Je pourrais p'têt' faire quelque chose pour elle.

J'avais envie de vomir. Au lieu de ça, je tournai les talons.

– Théa !

Maman m'attrapa le bras. Elle avait repris une expression normale de mère, et j'espérai qu'elle me dirait quelque chose de sensé. Au lieu de ça, elle me tendit un billet.

– Tiens, va t'acheter quelque chose à manger... Et... à ce soir, ma chérie.

Les larmes me montèrent aux yeux subitement, mais je m'enfuis pour ne pas pleurer devant le gars qui se resservait un verre de je-sais-pas-quoi.

Je me mis à courir, courir, jusqu'à me retrouver au parc. Je me réfugiai derrière le panneau publicitaire. De l'autre côté s'élevait la rumeur assourdie et continue des voitures, sur laquelle je me concentrai pour ne pas penser. Je m'allongeai dans l'herbe, avant d'arracher quelques baies de pyracantha. Je les posai sur mon ventre, puis fermai les yeux. Au bout de quelques minutes, je portai une baie à mes lèvres, la laissai quelques instants en équilibre là, puis entre mes dents, et soudain la croquai. Je recommençai plusieurs fois. J'aurais mal au ventre, c'était pas pire qu'au cœur.

CHAPITRE 3

Souvent, depuis quelque temps, je me souviens de bribes de mon enfance. Cela survient le soir, lorsque tout est calme dans ma chambre dont les lambris craquent sous l'effet du vent et que j'entends les vagues s'écraser contre les falaises de Portbrise un peu plus loin. C'est peut-être depuis que j'ai décidé d'écrire mon histoire que les souvenirs affluent. La petite Théa acquiert une réalité plus sereine qu'autrefois. Je l'y retrouve comme ce soir de mes huit ans, où j'avais demandé :

– Maman, comment je m'appellerai quand je serai grande?

– Mais Théa, comme maintenant!

– C'est pas possible. C'est un prénom de petite, Théa. Toi, tu t'appelais pas Rachel quand t'avais huit ans, pas vrai?

– Mais si, ma chérie. On ne change pas de prénom en grandissant. On le garde toute sa vie.

– Mais c'est pas possible que je m'appelle encore Théa plus tard. C'est pas possible puisque je serai grande !

– Ma puce, ton prénom, c'est la seule chose qui ne changera jamais.

Mais revenons à cette journée du 3 mars, le mois précédant mes seize ans. Vous vous dites certainement que ça faisait déjà pas mal d'émotions fortes pour une seule journée. Que je méritais un peu de repos et de douceur après tout ça. C'est gentil de le penser. Mais vous n'êtes pas au bout de vos surprises, et moi je n'étais pas au bout de ma journée pourrie.

Seulement à la moitié.

Pourtant, à ce stade-là, j'avais déjà bien envie de rester couchée dans l'herbe, à me nourrir de poison doux tout doucement, en attendant que l'après-midi passe et que la nuit tombe. C'était sans doute ce que j'aurais dû faire. Le problème, c'était d'abord que j'avais faim et ensuite que durant l'après-midi était prévue une sortie avec la prof d'éducation civique. Je n'étais pas vraiment férue d'éducation civique, mais cette visite devait se faire avec la première B, et en première B il y avait Théo. C'était l'occasion de le voir sans Mia, qui était en première D.

Alors je me levai, je quittai le parc, et j'allai me payer un morceau de pizza dans un snack, avant de retourner au bahut.

– T'aurais pas dû venir, me chuchota Zoé à l'oreille, en classe d'éducation civique.

– Pourquoi? Y a pas Mia.

– Oui, mais il sort encore avec elle, jusqu'à preuve du contraire. En attendant, le voir va juste servir à te faire du mal.

Le bon sens de Zoé, sous ses dehors extravagants, me surprenait toujours. Elle était de bon conseil. Le malheur, c'est que si ses paroles me rassuraient, je faisais pourtant rarement ce qu'elle préconisait. Souvent même, je faisais le contraire. Aussi, lorsqu'on se retrouva avec l'autre classe dans la cour, pour la sortie, je me déplaçai immédiatement, comme aimantée, vers Théo.

– Salut, dis-je.

– Tiens, salut, Théa.

Tiens, salut. Oh, quelle surprise ! Ah, tu existes encore ?

– Hum... je t'ai vu, ce matin... Tu étais, heu...

– Avec Mia, tu as vu ? Oui, il faut absolument que je t'en parle. C'est fabuleux ce qui m'arrive. J'en rêvais depuis tellement longtemps ! Je passerai te voir ce soir pour te raconter, OK ?

Il en rêvait depuis tellement longtemps ???

Ses yeux verts splendides brillaient de joie. Ses longs cils battaient avec une grâce que je ne leur avais encore jamais vue. Je crevais de jalousie. Mais enfin, le soir même, c'était à moi qu'il allait tout raconter. Je resterais sa plus proche confidente. C'était décidé, je me battrais pour cette place. Même si ce dont je rêvais plus que tout, c'était d'embrasser sa bouche qui avait l'air si douce, encore et encore...

– Allez, viens, Théa.

Zoé me saisit la main d'autorité pour m'entraîner un peu plus loin dans le groupe qui commençait à s'ébranler vers la sortie du lycée.

– N'oubliez pas, dit madame Antony, le but de cette visite est de créer un lien. Ces personnes se trouvent très seules et pourtant elles ont beaucoup à partager. N'hésitez pas à leur poser des questions sur leur vie, vous apprendrez sans doute des choses passionnantes. Et vous, parlez-leur de vos projets, elles vont adorer vous écouter.

Le moins qu'on puisse dire, c'était que la sortie en question ne me réjouissait pas spécialement, et d'ailleurs j'étais à des lieues de m'y intéresser. Ce fut en traînant la patte que je me dirigeai avec tous les autres vers la maison de retraite du quartier, accompagnés par la prof et deux assistants d'éducation. *Tisser un lien entre les générations*, c'était l'intitulé du projet de cette période de l'année en éducation civique. Quant à moi, je ne voyais vraiment pas ce que pourraient m'apporter de vieux débris à qui il n'arriverait plus rien. Leur vie était déjà finie, ça me paraissait évident. Et je trouvais cruelle cette idée de faire venir plein de jeunes devant eux. C'était pour les narguer, ou quoi? À leur place, j'aurais été dégoûtée de voir toute cette vie et cette beauté perdues définitivement pour eux. Enfin c'était comme ça, les profs avaient de drôles d'idées parfois, fallait pas chercher à comprendre.

Dès qu'on eut passé le pas de la porte coulissante de la maison de retraite, ça commença de puer la mort. C'était, disons, une odeur aigre, un peu médicamenteuse... On fut plusieurs à plisser le nez et à pouffer nerveusement. On nous fit avancer dans un long couloir meublé de guéridons recouverts de napperons en dentelle et de journaux avec des titres du genre *Oubliez-que-vous-allez-crever-bientôt*. Puis on déboucha dans la salle du réfectoire. Une dizaine de tables rondes aux nappes blanches étaient disposées, avec deux ou trois vieux déjà installés autour de chacune d'elles. Et là, ce fut un choc pour nous tous.

Il faut dire qu'on n'en voit pas souvent, des personnes dites âgées (au seuil de la fin définitive). Au quotidien, on n'en voit même absolument jamais. À la télé ou sur le Net ou dans les magazines, encore moins. C'est comme si elles n'existaient pas. Et d'ailleurs, pensai-je à ce moment-là, il aurait mieux valu qu'elles n'existent vraiment pas. C'était horrible, pire que ce qu'on avait imaginé. Je ne sais pas, moi, ç'aurait pu être des mamies et des papis hyper dynamiques et rigolos, comme on en rencontre parfois dans les histoires pour minots. Mais ces personnages sont sans doute conçus pour ne pas désespérer les mioches et leur donner envie de grandir et par suite de vieillir, parce que la réalité est tout autre.

La plupart nous regardaient avec des yeux vides et sans expression. Voûtés, souvent une canne à la main pour les soutenir même s'ils étaient assis, certains avaient un filet de bave qui s'écoulait de leur bouche ouverte. La peau de leur visage s'accrochait aux os par on ne savait quel miracle et était affreusement ridée, absolument partout. Leurs mains n'étaient que des nœuds bleu et noir, aux doigts longs et déformés. Tout leur corps tremblotait.

On retenait notre souffle, saisis d'effroi.

– Allons, dit madame Antony, asseyez-vous.

La première à se déplacer, ce fut bien évidemment la courageuse Zoé. Elle alla s'installer aux côtés d'une mamie au regard un peu plus éveillé que les autres. On réalisa alors tous que si on ne se bougeait pas très vite, on allait écoper d'un vieux encore plus mort que les autres. Je suivis Théo, qui s'assit aux côtés d'un vieillard aux dents noires, et me retrouvai près d'une vieille assez grosse, vêtue d'une sorte de sac taillé dans un tissu à fleurs, aux mollets serrés dans des chaussettes beiges, charentaises aux pattes. Elle me fit un sourire dégoûtant. Elle n'avait quasiment pas de lèvres, et ses joues étaient constellées de taches brunes. Ses mains aussi. Je ne savais pas quoi dire. J'étais concentrée sur ma respiration. La vieille semblait n'avoir pas d'odeur, il n'empêche que je ne voulais pas prendre le risque de m'en approcher trop près. Théo me faisait face. Qu'est-ce qu'il était beau ! Sa place était partout sauf dans ce mouroir. Il y était un scandale à lui tout seul. Pourtant il semblait s'intéresser au vieux à ses côtés à qui il parlait avec un sourire géant. Je jetai un coup d'œil du côté de Zoé, qui rigolait avec sa voisine d'au moins quatre-vingt-dix ans. La plupart des élèves étaient aussi empêtrés que moi, cependant, ce qui me rassurait un peu.

– Je voulais voyager, moi. Mais Simon il voulait pas. Je pouvais pas, et pis y avait les enfants. Mais je voulais voyager, moi.

Ma vieille me parlait. Pour plaire à Théo qui semblait super copain avec son vieux, il fallait que j'aie l'air intéressée.

– Hum... Oui ? Vous vouliez aller où ?

– L'Asie ! Moi c'est l'Asie qui me faisait rêver. Vous êtes jamais allée en Asie, vous ?

– Heu... non...

Dans le même temps, j'entendais des bribes de la conversation que tenait Théo. Il disait :

– Mais moi aussi j'ai oublié beaucoup de choses de mon enfance, même si je ne suis pas très vieux. C'est le présent qui est important, non?

Théo, te souviens-tu de ce jour où tu as dit «Pour la vie»?

À mes côtés, mon interlocutrice avait étendu les doigts de sa main devant moi.

– J'ai eu cinq enfants. Y en a quatre qui sont déjà morts. De toute façon ils ne venaient jamais me voir. Ils m'ont jamais emmenée en voyage.

– Heu... Ah ouais?

Je m'ennuyais ferme. La prof nous avait promis des histoires de vies passionnantes. Mais elle discutait avec une dame de son âge, elle, sans doute la directrice de la maison de retraite. Tu parles. Tout ça était pathétique.

– On ne peut pas tenir toutes les promesses, expliquait Théo, comme si c'était lui le plus expérimenté. Les choses changent...

Je te le fais pas dire, Théo...

– Le pire, vous savez c'est quoi? chevrota ma vieille. Le pire, c'est que je peux plus lire.

Elle avança un doigt qui n'était constitué que de quelques os recouverts d'un parchemin transparent vers son visage. Elle montrait ses yeux. Théo, lui, riait gentiment avec son vieux.

– J'y vois plus grand-chose. Même la télé, je peux plus la regarder. Alors vous comprenez, je m'ennuie. Le pire c'est ça, c'est l'ennui. Je m'ennuie tellement... Ça doit pas être rigolo de venir nous voir, hein? Je le sais bien que vous préféreriez être ailleurs.

– Hein? Mais non...

– Mentez pas, allez. Vous croyez qu'on est dupes ou quoi? Tout ça c'est pour nous changer les idées, pour nous faire oublier que le temps passe. Mais même si ça nous paraît long, il passe, ça oui, il passe.

J'avais envie de me casser hyper loin. J'avais envie de secouer Théo et de l'entraîner jusqu'au parc. J'avais envie qu'il me dise qu'il se souvenait de tout et que c'était important pour lui et qu'il allait tenir parole. Au lieu de cela, je commençais à avoir super mal au ventre, sans doute à cause des baies du buisson-ardent, et j'étais tombée sur la plus râleuse de toutes les résidentes du lieu.

– Mais un jour, faut pas croire, ce sera votre tour, ici.

Je retins un hoquet d'indignation. Elle poussait le bouchon un peu loin quand même. Mon estomac me faisait souffrir. Je voulais que tout ça se termine. Je sifflai le plus doucement possible:

– J'espère que vous allez vite crever, vous.

La vieille ouvrit des yeux plus grands que des soucoupes. Malheureusement, elle semblait loin d'être dure de la feuille. Ce n'était qu'une malchance de plus dans cette journée maudite. Et là elle commença un cirque pas croyable, les yeux révulsés, la main sur son cœur, renversée sur sa chaise comme si elle ne trouvait plus d'air. Et surtout elle tendait le doigt vers moi, comme désignant celle qui était en lien direct avec la grande Faucheuse.

– Hé, Théa, qu'est-ce que tu lui as dit pour la mettre dans un état pareil?

Théo me regardait sévèrement.

– Mais rien ! Ça va pas ou quoi, c'est pas ma faute !

Trois infirmiers se précipitèrent sur la vieille pour tenter de la calmer et, pourquoi pas, la sauver. La prof paraissait affolée, ne sachant pas quoi faire. La dame avec qui elle discutait lui dit un truc avant de la quitter. Elle la sommait sans doute de nous faire décamper. Le lien entre les générations, d'accord, mais seulement si on ne précipitait pas les vieux dans le cercueil. Madame Antony frappa dans ses mains pour nous rassembler. Ils étaient trois pour transporter *ma* vieille hors de notre vue. Bientôt elle disparut. Il restait tous les autres vieillards, qui n'avaient même pas l'air surpris. Qu'est-ce qui pouvait encore les surprendre ?

Une fois à l'extérieur, j'entendis madame Antony dire à un assistant d'éducation :

– Ils auraient quand même pu les choisir un peu moins vieux !

Ce fut alors que je me rendis compte que je tremblais.

– Ça va, Théa, t'y es pour rien, me dit quelqu'un.

Mais ce n'était pas Théo.

Et s'il m'avait entendue, juste avant l'attaque de la vieille ?

Je n'osai jamais demander des nouvelles de cette vieille dame. Mais je fus persuadée qu'elle était morte juste après. Au moins avait-elle enfin commencé un voyage.

CHAPITRE

4

Toute cette histoire me rappelle ce jour où Papa m'avait annoncé :

– Mamie est morte ce matin, Théa.

Je devais avoir... je ne sais plus... six ans peut-être.

– Mamie ? Ta maman, Papa ?

– Oui, ma chérie...

– Mais pourquoi ? Elle a eu un accident ?

– Non, Théa. Elle était vieille, c'est tout. Quand on est très vieux, on finit par mourir, c'est ainsi.

– Ça veut dire que toi aussi, Papa, tu vas mourir ? Et Maman aussi ? Et moi aussi ?

– Oui, mais dans très longtemps. Inutile d'y penser maintenant.

– Mais pourquoi ? C'est pas juste ! Je veux revoir Mamie !

– C'est pas possible, ma puce. C'est comme ça. Il faut bien que les vieilles personnes laissent leur place aux jeunes, sinon il y aurait trop de monde sur Terre.

– Mais c'est pas juste ! On n'a qu'à arrêter de faire des enfants. Ils demandent pas à naître, les enfants. Et on n'a pas le regret de vivre quand on n'existe pas encore. Mais pour Mamie et tous ceux qui vivent déjà, c'est pas juste que tout s'arrête d'un coup. Je veux pas ! JE VEUX PAS !

– Théa...

– JE VEUX PAAAAAAAS !

À quinze ans et onze mois, on ne peut plus brailler comme ça. Mais on rentra au bahut tous plus ou moins sous le choc.

Au moment où nous arrivions, la première D finissait sa journée de classe. Mia apparut dans la cour, ses longs cheveux blonds accrochant les rayons du soleil d'hiver. Elle avançait devant la baie vitrée de l'établissement. Au-dessus, le fronton arborait un grand cadran solaire sur le modèle antique, avec des chiffres romains. L'ombre du gnomon indiquait III, c'est-à-dire seize heures pour nous. Et pour la première fois, je déchiffrai la citation latine inscrite sous le cadran : *Tenere non potes, potes non perdere diem.* Je n'avais aucune idée de ce que ça voulait signifier, alors. Maintenant, je le sais : *Tu ne peux pas retenir ce jour, mais tu peux ne pas le perdre.* Si j'avais su traduire cette maxime, j'aurais très bien pu murmurer : « Il est trop tard, je l'ai perdu. » Quant à le retenir, c'était fichu pour ce jour-là. Mais pour les suivants, je ne pouvais pas encore savoir...

Je vis Théo à mes côtés s'éclairer à son tour comme un soleil, et il est difficile avec le recul de savoir ce qui me rendit *vraiment* folle. En tout cas Zoé, qui me surveillait comme le lait sur le feu depuis l'incident de la maison de retraite, sentit tout de suite que j'allais perdre les pédales, parce que je me souviens qu'elle essaya de me retenir avant même que je bondisse.

Je pouvais mettre en cause plein de choses. D'abord mon ventre qui me faisait souffrir à cause des baies de pyracantha. Ensuite le choc de ce qui venait de se passer à la maison de retraite. Et pour finir, donc, Théo plus lumineux que jamais qui se précipitait vers Mia. Je réalisai que tous les deux formaient un beau couple : les deux personnes les plus belles de tout le bahut. Et après tout, je n'avais jamais parlé avec cette Mia. Si ça se trouvait, elle était intéressante, voire intelligente... Ce fut cette hypothèse, quand brilla dans le regard de la blonde Mia une lueur témoignant qu'elle était douée de pensée, qui fit tout basculer dans mon esprit.

Il paraît que je poussai un grognement presque animal avant de me dégager de l'étreinte de Zoé, de bousculer Théo et de me précipiter sur ma rivale. Je vis la stupeur s'afficher sur le beau visage de Mia, la douleur quand je lui agrippai les cheveux... J'entrai dans une telle fureur que je me demande encore aujourd'hui comment je ne suis pas devenue *définitivement* folle. Je lacérai le visage de Mia avec mes ongles, et autres joyeusetés. J'étais surtout oppressée par cette envie primaire de retourner en arrière, vers ce temps béni où il me suffisait d'aimer Théo pour être heureuse, et quand il trouvait que toutes les filles à part moi étaient bêtes et inintéressantes.

Ce temps était définitivement perdu, et je le savais.

Mais il me restait encore une once de la pensée magique de l'enfance. Elle était si mince, si légère que je n'osais pas souhaiter carrément un retour en arrière. Ma dernière cartouche de pensée magique me mena à mi-chemin de mon désir le plus profond.

Tout en tirant les beaux cheveux de Mia, je hurlai : «Je veux que le temps s'arrête !»

Ce profond désir ne m'apparut pas d'un seul coup lors de cette journée fatidique du 3 mars. Cette journée pourrie fut seulement le révélateur de ce que je ressentais depuis longtemps. Monsieur Jones me dit plus tard que cela s'était entendu dans la déchirure de ma voix. C'est pour cela qu'il décida de me parler. J'ai longtemps pensé que c'était une chance qu'il soit présent dans l'établissement pile ce jour-là. Je pensais aussi que tout était écrit sur un très long parchemin dont l'en-tête annonçait : *Destin de Théa*. Tout s'imbriquait tellement bien, il ne pouvait pas en être autrement.

Monsieur Jones se trouvait dans le bureau du proviseur du lycée lorsqu'il m'entendit hurler : «Je veux que le temps s'arrête !» Un coup d'œil par la fenêtre et il put me voir dévastée, malheureuse, en rage. Je l'imagine derrière les persiennes, l'œil brillant, un sourire aux lèvres, et murmurant pour lui-même : «J'ai enfin trouvé la personne idéale.»

Personne ne réussissant à me calmer, on n'eut d'autre solution que de me traîner jusque dans le bureau de madame Cixous, la psychologue du bahut. Elle nous faisait passer régulièrement des tests afin de mieux nous connaître et savoir vers quel métier nous orienter. Les questionnaires étaient bidons, on finissait tous par avoir un profil altruiste et communicant, car aucun de nous ne pouvait répondre décemment qu'il n'était intéressé que par sa petite personne. Je me préparais donc à me défouler de nouveau sur cette bonne femme que je détestais pour son incompétence. Je m'apprêtais à lui crier des horreurs du genre: «J'en ai rien à foutre de vous, fichez-moi la paix», ou encore: «Allez cracher sur la tombe de Freud et surtout n'oubliez pas celle de Dolto!» J'étais totalement hors de moi à ce moment et en plus j'avais toujours mal au bide. Mais lorsqu'on referma la porte, je réalisai que devant moi ne se tenait pas la masse morne au long nez de madame Cixous. Non.

Je me tus et m'immobilisai subitement.

L'homme qui me faisait face était grand, mince, très brun, plutôt pas mal pour un vieux. Enfin, pas aussi vieux que ceux de l'après-midi, disons l'âge de mes parents. Il en imposait par sa posture, sa silhouette, son petit sourire et surtout son regard perçant. Je crois que c'est ce regard qui me scotcha d'entrée. Il était assis, les jambes croisées, sur le fauteuil pivotant de la psy, mais pas derrière son bureau. À côté. Il me toisait en se balançant de droite et de gauche, tapotant de ses doigts fins les longs accoudoirs. La tête légèrement penchée, il paraissait attendre la réponse à une question. Malgré moi sous le charme, je me rembrunis encore davantage, me souvins de froncer à nouveau les sourcils, avant de lui lancer:

– Qui êtes-vous? Je vous ai jamais vu par ici.

– Normal, je ne travaille pas ici.

– …

– …

– Où est madame Cixous?

– Tu veux la voir?

– Ce n'est pas que j'y tienne particulièrement, mais c'est son bureau. Pourquoi c'est vous qui êtes là? Qu'est-ce que vous me voulez?

– Eh bien, Théa…

Il se leva à ce moment-là, pour se poster devant la fenêtre, soulevant le store avec un seul doigt.

– Tu t'appelles bien Théa?

– On vous a bien renseigné.

– Théa, j'aimerais te parler du projet dont je suis l'un des initiateurs. Je te prie de t'asseoir, cela risque de prendre un petit moment.

J'hésitai. Il m'inquiétait un peu. Finalement, je pris place dans le fauteuil où il se trouvait quelques secondes avant et qu'il me désignait. Lui se déplaça dans la pièce, y tournant un peu, comme indécis, avant de poser une fesse sur le bureau. Il commença alors à tout m'expliquer, penché vers moi:

– Je m'appelle Jones. Baptiste Jones. Et je suis chercheur au Centre de recherche scientifique… Dis-moi, tu l'as bien arrangée, cette fille… Tu devais être sacrément en colère.

– Ça ne vous regarde pas.

– Peut-être bien que si. Je dois t'expliquer d'abord ce que je fais là et surtout pourquoi tu m'intéresses.

– OK, je vous écoute puisque j'y suis obligée. Mais dépêchez-vous, j'ai des devoirs à faire et quelqu'un qui m'attend.

Mon cœur se serra en prononçant ces derniers mots. Non, Théo ne m'attendrait certainement pas comme il me l'avait dit, pour tout me raconter. Ma crise de nerfs avait tout gâché. Il ne voudrait sûrement plus jamais me voir, plus jamais me parler. J'avais tout gâché. Ma vie entière était fichue. Je me mordis les lèvres pour ne pas pleurer devant cet inconnu.

– Je vois que tu as du caractère. C'est bien... Je cherche quelqu'un de fort et qui sait ce qu'il veut. Si tu adhères à mon projet, tu seras l'une des personnes les plus chanceuses de l'univers. Vous ne serez que trente dans ton cas. Dans un premier temps, en tout cas.

– Mais qu'est-ce que vous racontez?

– Écoute, Théa, on a fait une découverte. C'est tout récent et ça peut révolutionner le sort de l'humanité.

– Rien que ça? Qu'est-ce que j'ai à voir là-dedans?

– Arrête tes sarcasmes cinq minutes et écoute-moi. Pour t'expliquer les choses simplement... Tu sais ce que sont les cellules dans ton corps? Tu as dû voir ça en classe de biologie. Eh bien, les cellules ne se divisent que cinquante fois avant de mourir. Quand elles approchent de cette limite, elles montrent des signes de sénescence, ou vieillissement si tu préfères. On sait depuis peu rajeunir des cellules en petit nombre, pour réparer des tissus ou des organes chez les personnes âgées. On misait beaucoup sur cette découverte pour aller encore plus loin, mais une autre vient d'être faite... Et on se penche à nouveau sur ce qu'on sait faire depuis longtemps: empêcher le raccourcissement des télomères.

J'adoptai un air ahuri et il leva la main pour me signaler qu'il allait m'expliquer.

– Les télomères, si tu veux, c'est un peu comme les embouts en plastique de nos lacets qui servent à les empêcher de s'effilocher. Ils sont situés aux extrémités des chromosomes, sont composés d'ADN, et ont la particularité de raccourcir au fil des divisions cellulaires. Le jour où leur taille devient insuffisante, la cellule n'a plus la possibilité de se multiplier et meurt. Pour résumer, on peut injecter une enzyme dans le corps humain afin que ses chromosomes ne raccourcissent jamais et même s'allongent. Les cellules peuvent alors devenir immortelles...

– Je comprends rien à votre charabia. Et je sais pas ce que je fais ici avec vous. Est-ce que vous avez eu l'autorisation du proviseur?

En réalité, je commençais à flipper grave.

– Théa... ça veut dire qu'on peut arrêter le temps. En injectant ce qu'on appelle de la télomérase, on stoppe le vieillissement.

– ...

– Mais ce n'est pas ça la nouveauté. On le savait depuis longtemps. Le gros problème était que ces cellules immortelles pouvaient très vite devenir cancéreuses: la télomérase risquait d'aggraver les tumeurs. La révolution, c'est qu'on a trouvé le moyen d'injecter aussi dans le corps des nanorobots qui détectent immédiatement le moment où une cellule va basculer vers un état cancéreux et la détruisent. Nous avons ainsi obtenu des souris de trois ans qui ont les réflexes et la vivacité de souris de huit semaines. On en est à se demander si ces souris vont mourir un jour, puisqu'elles ne vieillissent pas. On a peut-être trouvé le remède à la mortalité...

– Mais qu'est-ce que?...

– Qu'est-ce que tu as à voir là-dedans? Eh bien, Théa, nous désirons expérimenter cette découverte sur des humains.

– Ça devrait être facile à trouver, des gens qui veulent pas vieillir. Je peux vous présenter ma mère, si vous voulez...

– On est bien conscients que si on faisait un appel à volontaires, le Centre de recherche serait pris d'assaut par des foules hystériques. Aussi avons-nous décidé de garder le secret sur cette expérience et de trouver et choisir nous-mêmes les sujets. Il a fallu définir des critères. D'abord nous souhaitons un panel d'âges très divers, pour voir comment les corps et les esprits supportent le traitement, suivant leur avancée en âge. Nous avons limité à trente le nombre de cobayes. C'est moi qui ai souhaité abaisser l'âge du plus jeune à seize ans et je suis chargé de trouver le sujet idéal... Seize ans, c'est bien l'âge que tu as, n'est-ce pas?

– Dans un mois. Mais vous me fichez la trouille...

– Mes collègues souhaitaient démarrer à vingt ans. Il y a toujours polémique sur l'âge auquel on commence à vieillir. En somme, à quel âge le corps est-il au faîte de sa performance? Si on freine le vieillissement pile à ce moment-là, te rends-tu compte de quels êtres parfaits cela pourrait donner une fois adultes? Toutes les performances intellectuelles et physiques de la jeunesse, avec l'expérience et le recul d'un adulte... Comme on n'a pas réussi à trancher sur ce moment clé, j'ai fini par avoir gain de cause pour essayer à seize ans, mais seulement s'il s'agit d'une fille, puisque les filles ont le plus souvent terminé leur puberté avant cet âge-là. Il faut aussi que l'on fasse des tests pour déterminer si cette fille a fini sa croissance.

– Comment comptez-vous trouver le parfait cobaye?

– Les sujets doivent bénéficier d'un profil particulier. Il s'agit d'un engagement important, surtout si l'on est jeune. Nous avons défini une grille de critères psychologiques. Les personnes qui y répondent positivement seront les plus aptes, selon nous, à supporter l'expérience. Je veux dire du point de vue psychologique, car au plan médical il n'y a aucun problème. Si tout se passe bien, nous commercialiserons le traitement dans quelques années... Je suis sûr que tu as compris pourquoi je te raconte tout ça à toi...

J'étais fière qu'il me trouve forte et que je sois celle qu'il estimait digne de cette expérience, mais j'étais encore sous le choc de toute cette journée et je n'arrivais pas à faire le lien entre ce qui m'était arrivé et toutes ces informations. Alors je me contentai de le regarder sans répondre.

– La scène à laquelle je viens d'assister me fait penser que tu as une très forte motivation pour... *arrêter le temps*, comme tu le hurlais tout à l'heure. C'est très étrange que tu aies prononcé cette phrase-là sous le coup de la colère. Ça prouve que c'est quelque chose de profond en toi... Il faudra qu'on en parle longuement, si tu veux bien... Je sillonne la région depuis des jours, je visite les lycées, je rencontre les jeunes vers qui m'orientent les psys des établissements, sans avoir encore trouvé le profil adéquat. J'étais quasiment prêt à abandonner. À ton âge, la plupart des jeunes n'ont qu'une envie : changer ! Grandir, même s'ils ont déjà un corps d'adulte. Et donc vieillir. Ils ne se rendent pas compte que tout ce qui les entrave n'est qu'une question d'âge social et qu'ils vivent la meilleure période de leur vie du point de vue physiologique. Toi, il me semble que tu penses autrement. J'espère seulement que tu n'as pas un profil suicidaire…

– Qu'est-ce que vous croyez ? C'est Mia que j'ai essayé de tuer, pas moi…

J'entendis alors pour la première fois le rire du professeur Jones, sonore et bref. Il redevint sérieux subitement.

– On le verra vite avec les tests auxquels on va te soumettre… Enfin, seulement si tu es d'accord… Nous allons te faire passer une batterie de tests physiques et surtout psychologiques pour déterminer si cette motivation est réelle, bien ancrée et saine. Bien entendu, il faut aussi l'autorisation de tes parents puisque tu es mineure. Si tu es d'accord pour te lancer dans cette aventure exceptionnelle pour toi et l'humanité tout entière, rappelle-moi le plus vite possible à ce numéro. N'importe quand… Mais n'en parle absolument à personne, hormis tes parents… Est-ce que tu as des questions ?

– Je sais pas… Je pourrai quand même avoir des enfants avec ce traitement ?

– Tu pourras avoir une vie sociale, affective et familiale tout à fait normale. C'est juste que… tu seras toujours aussi fraîche et jolie et en forme que tu l'es maintenant.

Je me sentis rougir. C'était rare qu'on me dise que j'étais jolie. Pourtant je savais que je l'étais, simplement je n'avais jamais eu vraiment envie de me mettre en valeur.

– Et... est-ce que ça veut dire que je deviendrai... immortelle?

– C'est un bien grand mot. Nous savons retarder le vieillissement, et il est vrai que nos souris de laboratoire ont jusqu'à présent une durée de vie inespérée pour ces animaux. Mais je préfère ne pas m'avancer là-dessus. Et puis tu seras toujours soumise aux aléas de la vie, accidents ou autres... Tu seras toujours, quoi qu'il en soit, un être humain.

Je restai silencieuse un moment. Monsieur Jones finit par me tendre une carte de visite toute blanche avec juste son nom, le sigle du Centre de recherche scientifique et un numéro de téléphone. Je la saisis après quelques secondes d'hésitation.

Lorsque je sortis de la pièce où se trouvait encore monsieur Jones, je vis que madame Cixous m'attendait un peu plus loin dans le couloir.

– Théa, viens une minute par ici, j'ai à te parler.

Elle m'entraîna dans une classe vide, comme Zoé l'avait fait le matin même, et referma la porte précautionneusement derrière elle. Puis elle se mit à chuchoter:

– J'aimerais te mettre en garde, Théa. Il faut que je te dise que je n'approuve pas du tout la démarche de ce monsieur Jones. Je trouve que c'est très discutable au niveau éthique. Et je pense que tu es trop jeune pour savoir ce qui est le mieux pour toi. Il faut que tu saches que la seule chose que souhaite ce monsieur, c'est que tu valides son projet afin qu'il puisse le commercialiser et gagner une tonne de fric avec ça. Il ne pense pas une seule seconde à toi, crois-moi...

Je dévisageai madame Cixous. Je vis toutes ses rides, son regard éteint, ses lèvres décolorées. Et j'en déduisis tout de suite qu'elle était jalouse. Même si le traitement lui était soudain accessible, il était trop tard pour elle. Elle était déjà vieille, cela ne lui apporterait rien. Je ressentis une vive pitié pour elle, qui sans le savoir venait de m'aider à prendre ma décision.

Je haussai les épaules et lui tournai le dos avant de quitter la classe. Nous n'échangerions plus un seul mot à l'avenir.

Une fois dehors, je consultai mon téléphone. J'avais un message de Zoé :

Pa pu tatendre, RDV dentist. Couraj ma cop, jsui avec toi. Jtapel 2night.

CHAPITRE 5

Une bourrasque a projeté violemment les branches d'un saule contre mes volets. J'ai presque sursauté. Tout grince, tout semble bouger. L'île de Portbrise est en proie aux éléments. Mais je me sens en sécurité, ici, bien au chaud dans ma chambre. Je m'arrête d'écrire et lève la tête de ma tablette numérique. Dans le reflet de la fenêtre, je discerne celui du miroir rond sur le mur opposé. Un souvenir me vient, issu d'un autre miroir...

J'avais onze ans. Je me tenais devant le grand miroir de la salle de bains, en culotte. Je me regardais, fière de mes longs cheveux bruns qui tombaient dans mon dos. J'avais lutté longtemps contre le désir de mes parents de les couper, parce que c'était plus pratique, disaient-ils. Moi je m'en fichais de devoir les démêler tous les soirs et de passer un temps fou à les laver puis essorer puis sécher. Ça me faisait comme une parure. Mais j'étais encore plus fière de quelque chose de tout neuf et beau, qui montrait que j'étais désormais une vraie jeune fille. On l'avait choisi l'après-midi même avec Maman à la grande surface du coin : mon premier soutien-gorge. C'était du 75 A, je m'en souviens bien, ce qui signifiait : une poitrine toute petite. Mais il était d'un blanc éclatant, de ce blanc lumineux que j'admirais dans la lingerie que Maman étendait parfois au-dessus de la baignoire. La lingerie, il faut la laver à la main, disait-elle. Cela avait quelque chose de précieux et fragile. Mon soutien-gorge à moi était de plus constellé de petits points bleus super mignons et assorti à la culotte. Je me trouvais très belle, très grande, très puissante. C'était bien plus rigolo que le jour des premières règles, quelques semaines auparavant. Ça m'avait beaucoup énervée, cette contrainte qui reviendrait chaque mois : y faire attention, s'en protéger, faire en sorte que personne ne voie rien, ne sache rien. Je détestais déjà ce genre de secrets. Ce qui me plaisait, c'était ce qui se voyait, comme ce soutien-gorge dont je laisserais les bretelles dépasser de l'encolure de mes tee-shirts et pulls.

J'avais rêvé ce moment depuis tellement longtemps ! Enfin c'était le signe que je me métamorphosais. Comme toutes les petites filles, quelques années plus tôt je paradais dans la maison avec les chaussures à talons de Maman, barbouillée de son maquillage, traînant une robe longue à ma suite. Un peu plus tard, j'avais commencé à rêver de liberté. Pouvoir sortir quand je voulais, manger ce que je voulais, porter ce que je voulais. Je souhaitais être belle, grande, intelligente, arpenter le monde comme cela. C'est ce qui est formidable dans l'enfance, toutes ces promesses, tout cet avenir qui s'ouvre.

Avec ce premier soutif, enfin je touchais ce rêve du doigt.

Ensuite tout était allé très vite. À quatorze ans, je paraissais déjà en avoir dix-huit. J'avais un corps de jeune femme et je ne savais déjà plus quoi attendre de celui-ci et par suite de moi-même. J'avais alors estimé que c'était à la vie de m'offrir le maximum, désormais, et je comptais bien en profiter. Mais je trouvais qu'elle tardait un peu, la vie, alors que le temps passait. C'était à partir du début de cet ennui que je n'avais plus rien tenté pour me faire remarquer, cherchant au contraire à m'esquiver. Mon corps avait fait son boulot, inutile d'en rajouter. J'attendais passivement.

Madame Cixous, la psy du bahut, se trompait complètement au sujet du professeur Jones. J'appris plus tard qu'il faisait partie d'une grande famille fortunée de la région, des Anglais installés là depuis longtemps. Jamais il n'avait manqué d'argent et jamais il n'avait dû lutter pour s'en procurer. Il avait entrepris pour commencer des études de psychologie, spécialisées sur l'adolescence, puis, par passion, des études scientifiques, de biologie parce qu'il était poussé par un démon intérieur qui ne le quitterait jamais. Toute sa vie, ses études et sa carrière avaient été régies, et l'étaient encore, par un événement dramatique de son enfance. Au fil des nombreuses rencontres que j'aurais avec lui, il m'en parlerait par bribes, sous le sceau de la confidence. Ses collègues, eux, n'étaient pas au courant. S'ils avaient eu connaissance du drame qui avait endeuillé son enfance, ils ne se seraient jamais laissé convaincre d'utiliser un cobaye aussi jeune que moi. Mais dans sa détermination il avait trouvé des arguments scientifiques et moraux en béton. Sa thèse sur la psychologie des jeunes lui donnait une grande légitimité dans ce projet me concernant. Il était un scientifique brillant et idéaliste, auquel on passait parfois quelques caprices. Au Centre de recherche, on avait appris à lui faire confiance. Jamais il n'avait déçu. Quoi qu'il en soit, je n'étais pas pour lui un moyen de gagner encore plus d'argent, mais celui d'exorciser une grande douleur et de combler une grande perte. Dans un cas comme dans l'autre, aurait pu objecter madame Cixous, il s'était servi de moi.

Sans doute, mais je préférais la seconde manière, qui me rendait plus importante aux yeux de cet homme.

Je rentrai chez moi ce soir-là d'une démarche mécanique. Je ne voyais rien autour de moi, mon corps connaissait le chemin. Et dans ma tête c'était le chaos. Toute la journée y défilait par images brèves et paroles hachées, dans le désordre le plus complet. Une fois le seuil passé et mon manteau ôté et pendu dans l'entrée, je me dirigeai vers Maman qui buvait un café fort, l'air défaite, toujours dans sa robe rose fané, assise à la table de la cuisine. J'essayai de ne pas faire attention au bazar dans le séjour. Maman n'avait sans doute pas consacré son après-midi à faire le ménage...

– Je suis crevée, M'man, je crois que je vais me coucher direct. Bonne nuit.

– Mais il n'est que dix-huit heures, ma puce ! Et je voulais te dire, je suis désolée pour...

– Laisse tomber... *Good night.*

– Il faut que tu manges un morceau.

– J'ai trop mal au ventre, Maman, mais ça va, je t'assure.

Je montai dans ma chambre, envoyai mon sac contre le bureau, réglai mon téléphone en mode silence, tout en jetant un œil par la fenêtre : celle de Théo en face avait ses volets ouverts, mais on ne distinguait aucune lumière. Peut-être n'était-il pas encore rentré. Peut-être était-il avec Mia. Certainement... Je me déshabillai et me glissai toute nue sous la couette épaisse et confortable. Je fermai les yeux et sombrai presque immédiatement dans le noir le plus profond.

Le lendemain, c'était samedi, jour sans lycée et début d'un week-end dont j'avais grand besoin pour me remettre. Comme je n'avais même pas eu la force de fermer mes volets, ce fut le soleil qui me réveilla. Un beau soleil du mois de mars qui remplissait ma chambre.

J'ouvris les yeux avec le sentiment que tout pouvait être neuf dans ma vie, autant que cette lumière du matin. Il suffisait que j'y mette du mien. Je ne me souvenais pas encore de tout ce qui s'était passé la veille. Je savais juste que la journée avait été éprouvante, me rappelant vaguement que je m'en étais prise à Mia, mais sans du tout réaliser la gravité de mon acte. Je serais sans doute punie, mais cela ne m'inquiétait pas outre mesure. Étrangement, très étrangement, je ne pensais pas à Théo, ce matin-là. Un autre événement avait eu lieu, je le sentais confusément, qui dépassait en importance mon altercation avec Mia, et de loin. Mais ça restait vague. En somme, la nuit m'avait rendue quasiment amnésique, sans doute par un mécanisme de défense psychologique. Et puis je n'avais plus du tout mal au ventre et je le vivais comme une libération. Je m'étirai et me levai d'excellente humeur. Je saisis par réflexe mon téléphone posé sur le bureau. Zoé avait essayé de me joindre plusieurs fois dans la soirée. La pauvre s'était sans doute inquiétée. Je m'en voulais de ne pas lui avoir laissé au moins un message, mais je rattraperais le coup en l'invitant à la piscine, l'après-midi. Le silence dans la maison m'apprit que Maman n'était pas encore debout. J'entrepris de préparer un bon petit déjeuner pour nous deux. Puis j'eus même l'idée de le lui apporter sur un plateau dans son lit.

Elle dormait encore quand j'entrai dans sa chambre. J'entrouvris juste les volets afin que la lumière ne l'agresse pas trop, puis je posai le plateau sur sa table de nuit. Je m'allongeai à ses côtés et je commençai à taquiner son visage avec une plume extirpée de son oreiller, comme j'aimais le faire quand j'étais petite. Elle s'agita un peu, avant d'ouvrir les yeux et de me faire un sourire.

– Je me disais bien que ça sentait le café, je croyais que c'était dans mon rêve ! Ma chérie, tu es adorable...

Elle se releva pour s'asseoir contre son oreiller, posa le plateau sur ses genoux et poursuivit :

– Je ne mérite pas ça, Théa... Et toi tu mérites tellement mieux...

– Arrête, Maman, t'es nulle en autoflagellation, tu sais.

C'est drôle, mais ce fut juste à cet instant, et seulement à celui-là, que je me souvins du professeur Jones et de ses paroles, très précisément. Et seulement à cet instant, je fus frappée par leur portée.

– Qu'est-ce qui t'arrive, Théa? On dirait un lévrier qui a entendu du bruit dans les feuillages.

Effectivement, je me sentais comme aux aguets, au creux d'une lucidité éblouissante.

– Maman, on m'a fait une drôle de proposition, hier soir.

– Qu'est-ce que tu veux dire? Est-ce qu'on t'a manqué de respect?

– Non! Non, pas du tout. Maman, qu'est-ce que tu aurais décidé si on t'avait proposé... Oh, ça m'énerve, je connais la réponse.

– Théa, je crains que tu ne doives être un petit peu plus claire à cette heure de la journée, et surtout avant que j'aie bu mon café.

– Maman... Si je voulais, je pourrais ne plus vieillir... Je veux dire, je pourrais garder cette apparence que j'ai aujourd'hui toute ma vie.

Après avoir essuyé un regard semblable à celui que Maman jetait généralement sur Papa le peu de fois où ils se rencontraient, je dus expliquer par le menu mon entrevue avec le professeur Jones. Plus j'avançais dans mon compte rendu de la conversation, plus le regard de Maman prenait de l'éclat. Pour finir, elle posa ses mains sur mes bras et serra fort.

– Si tout ça n'est pas une blague, tu es la fille la plus chanceuse de l'univers. Est-ce que tu réalises ça?

– C'est aussi ce qu'il m'a dit, mais...

– Est-ce que tu te rends compte? Ne pas vieillir! Mais Théa, de nos jours le monde appartient à la jeunesse. Avec ces télomachins, il serait à tes pieds, le monde, et *pour toujours*!

– Je suppose que ça signifie que j'ai ton autorisation?

– Mais tu as ma bénédiction, tu veux dire! Et tu serais vraiment très bête de ne pas accepter. Regarde un peu où j'en suis, moi... Je n'ai plus de boulot, plus de mari... Tout ça parce que je suis vieille, maintenant.

– Papa n'est pas parti pour ça. Et j'ai vu beaucoup plus décrépite que toi...

– Tu sais très bien ce que je veux dire. Si je suis seule et sans emploi, on sait tous pourquoi. Théa...

Son regard s'illumina encore plus. C'était presque de la fièvre.

– Tu serais ma revanche. En plus, qui sait ? Tu deviendras peut-être célèbre si tu es l'une des premières à avoir testé le truc. Qui dit célébrité dit souvent richesse... Oh, ma chérie, ce serait si formidable! Et si j'ai bien compris, si cette expérience est concluante, et je suis sûre qu'elle le sera, je pourrai en bénéficier à mon tour. Je ne redeviendrai pas une jeunesse, mais au moins j'échapperais au troisième âge. Quel soulagement ce serait de ne pas devenir une vieillarde! Ne jamais plus décliner... Ne pas souffrir des articulations, y voir toujours clair, toujours bien entendre... Enfin tout ça, quoi! Et peut-être... peut-être... Est-ce qu'il a parlé de l'immortalité, ton docteur Jones?

– Il a été assez évasif sur le sujet. Maman, comment je vais faire pour avoir l'autorisation de Papa? Je suis sûre qu'il va tiquer.

– Alors ça, c'est sûr, le connaissant... Il faut que tu sois très diplomate, que tu lui présentes la chose sous un angle qui le séduirait, lui. Il faut que tu lui fasses comprendre que tu vas faire avancer la science, voilà une chose qui va lui plaire! Oh, j'ai une meilleure idée...

Maman repoussa ses draps et attrapa une pince sur la table de nuit, avant d'entortiller ses cheveux et de les y coincer. Elle s'agenouilla, plaqua ses mains sur ses cuisses d'un air décidé, me sourit puis annonça:

– On ne va rien lui dire.

– Mais c'est impossible! Le professeur Jones a bien précisé qu'il fallait l'autorisation des parents! Et en plus... en plus, Maman, on ne peut pas faire ça. Papa doit savoir...

– Oh, Théa, il faut absolument que tu te dégages enfin de l'influence de ton père. Tu sais bien qu'il plane, avec ses sculptures et tout le reste! Il n'a aucune idée de ce qui se passe réellement dans notre société. Il ne veut pas le voir et surtout pas s'y frotter. Il a de la chance, beaucoup de chance que des illuminés lui achètent ses... ses bouts de bronze et je ne sais quoi! Mais toi, tu n'auras pas cette chance, alors comment vas-tu faire? Tu finiras comme moi, et voilà tout. Broyée par le système. Tu sais qu'il est impossible d'en parler avec lui. Il ne veut pas comprendre. Il nie la réalité.

Je le savais bien en effet. À chaque fois que je parlais de Maman avec lui, il poussait un soupir monumental, avant d'ajouter qu'elle était sa propre esclave. Je ne comprenais pas du tout ce que ça voulait dire, mais il se rembrunissait et on ne pouvait ensuite plus rien en tirer. Je voyais bien qu'il ne faisait rien pour l'aider. Pour commencer, il aurait pu rester avec nous. C'était vrai qu'il avait tout abandonné, la vie en société, la société tout entière en fait, et même moi. Les dernières fois que je l'avais vu, de vives disputes avaient éclaté entre nous. Je m'étais rendue chez lui avec une couleur de cheveux différente, oh, rien de grave, j'avais juste un peu éclairci quelques mèches, mais il avait vivement critiqué mon choix. Même chose lorsque j'avais osé lui demander l'autorisation de me faire un tatouage. Il n'avait pas voulu, prétextant que je ne devais pas modifier ce dont la Nature m'avait pourvue. Même pour mes trous dans les oreilles, il avait été récalcitrant ! Maman avait raison. Il ne comprendrait absolument pas qu'on dise à sa chère Nature : « Hé, stop ! »

– Pour son idéal utopique, continua Maman, il serait prêt à sacrifier sa propre fille. Crois-moi !

Je la croyais.

– Alors, c'est facile, Théa. S'il y a quelque chose à signer, j'imiterai sa signature.

– Mais il y aura certainement des entretiens, des trucs comme ça. Ils voudront vous voir tous les deux.

– Là aussi on mentira. On dira qu'il ne peut pas venir ou qu'il ne veut pas. On improvisera. Mais on y arrivera coûte que coûte. Théa ! Tu as de l'or à portée de doigts ! Ne le laisse pas filer. On lui en parlera, à ton père, mais en temps voulu. On le mettra devant le fait accompli...

Une fois remontée dans ma chambre, je m'installai devant le miroir. Ma décision était prise, bien entendu. Qui aurait repoussé une chance pareille ? Je souris devant mon reflet, sans penser réellement qu'il n'allait certainement jamais se rider ni s'empâter ni s'affaisser. Je crois que ça ne faisait pas vraiment partie de mes motivations, en fin de compte. Je m'en fichais, de ça, c'était trop loin de moi. Non, ce qui me remplissait d'une chaleur inconnue, c'était que pour la première fois je sortais du lot. Le professeur Jones m'avait remarquée et je paraissais importante pour lui. Je comptais pour quelqu'un, un adulte en plus. Aux yeux de Maman aussi, soudain je paraissais exister davantage. Et sans doute cette importance allait-elle s'étendre au monde entier, une fois l'expérience jugée concluante. Enfin il m'arrivait quelque chose.

J'avais donné rendez-vous à Zoé à la piscine et on s'y retrouva dans l'après-midi. Elle était déjà au bord du bassin, dans son maillot deux pièces dépareillé – le haut rouge et le bas bleu –, quand j'arrivai à mon tour. Ses boucles rouges dépassaient de son bonnet de bain orange.

– Hé, t'as plutôt bonne mine, me lança-t-elle alors que je m'asseyais à ses côtés. Je m'attendais à te voir désespérée.

– T'es déçue ou quoi? rigolai-je.

– Non, surprise, c'est tout. Enfin je sais pas, avec tout ce qui est arrivé hier... Tu as des nouvelles de Théo et de... Mia?

– Non. Je ne l'ai même pas vu, depuis que je suis rentrée hier soir. Quant à Mia... Elle s'en remettra, non?

– Oui... Mais tu l'as bien griffée, ça mettra longtemps à cicatriser, quand même. Elle t'a passé un savon, ta mère?

– Pourquoi? Elle est pas au courant.

– Quoi? Le bahut appelle les parents dès qu'il y a un petit accrochage entre élèves, et là... Mais je rêve ou quoi, tu souris? Tu me caches quelque chose, Théa!

Je venais de réaliser qu'effectivement mes parents auraient dû être appelés par le proviseur, qu'ils auraient même dû être convoqués et que j'aurais peut-être écopé d'un renvoi de quelques jours. Or, je n'avais même pas vu le proviseur. Je n'avais à aucun moment été sermonnée. Au contraire, le professeur Jones m'avait presque félicitée pour ma force de caractère. *L'homme est un loup pour l'homme...* Cette phrase me revenait. C'était ce que j'avais été avec Mia, la veille, et j'en récoltais une opportunité phénoménale.

– Attends, me dis pas que Théo a apprécié que tu te battes pour lui et que vous sortez ensemble depuis hier soir? Alors là, ce serait...

– Tiens, c'est vrai, ça, il aurait pu apprécier! Mais non, c'est pas son genre, il déteste la violence. Je te dis que je l'ai pas revu.

– Alors, qu'est-ce qui te rend si... rayonnante? Moi qui m'étais préparée à jouer la super-copine consolatrice! Faut que tu m'expliques!

Je ne répondis pas tout de suite. Je me levai d'abord, avant de plonger dans l'eau chlorée. Je nageai en apnée, dans un silence à la fois abyssal et cotonneux, aller et retour. J'émergeai juste devant Zoé, m'agrippant au rebord, entre ses pieds.

– Zoé, faut que je te raconte un truc dingue.

On avait nagé plusieurs longueurs. Zoé avait estimé en avoir besoin pour digérer les informations que je venais de lui livrer. Je lui avais fait promettre au moins cent fois qu'elle ne répéterait ça à personne. Puis elle sortit du bassin, et moi à sa suite. Elle s'enveloppa dans sa serviette avant de s'accroupir sur l'un des gradins. Je fis pareil.

– C'est dingue, commença-t-elle.

– Je te l'avais dit que ça l'était.

– Moi je crois que tu devrais quand même en parler à ton père.

– Il comprendrait jamais, Zoé. Il m'empêcherait de le faire !

– Mmmmm... De toute façon, pas sûr que tu réussisses leurs tests, là. Si ça se trouve, ils choisiront quelqu'un d'autre.

– Je suis sûre que non. Je suis hyper motivée. Si je suis pas choisie, ce serait la fin du monde pour moi !

– T'exagères, quand même.

– Zoé, t'as vu ma vie?

– Elle est pas pire qu'une autre, ta vie. Et puis est-ce que tu as bien réfléchi à tout?

– Genre?

– Eh ben je sais pas, moi... Quand tu auras des enfants... Ils vieilliront et pas toi?

– Mais non, ils auront droit au même traitement.

– Ce qui fait que vous aurez l'air, ta fille et toi, d'avoir seize ans tout le temps?

– Il suffira que le monde s'habitue à ça. Je suis sûre que ça viendra super vite. Regarde, qui de nos jours ose critiquer toutes les opérations esthétiques et compagnie, pour rajeunir ? Nos mères ont de plus en plus longtemps l'air d'avoir notre âge. Beaucoup de mecs s'y mettent aussi.

– T'as p'têt' raison... Mais ça veut dire que nous tous autour de toi on va vieillir... sans toi?

– T'inquiète, Zoé, je suis sûre que le traitement sera commercialisé avant tes dix-huit ans. On restera jeunes ensemble, je te le promets !

– J'ai intérêt à avoir assez de thunes pour me le payer, ce fameux traitement... Et du coup, avec tout ça... tu t'en fiches de Théo?

– C'est pas que je m'en fiche... C'est juste que maintenant j'ai beaucoup plus d'atouts pour le récupérer... Et plus de temps. Je me sens super sereine avec ça.

Zoé avait réuni ses jambes contre sa poitrine et les avait enserrées entre ses bras. Elle posa son menton sur ses genoux et resta un petit moment rêveuse, à regarder des minots qui faisaient des plongeons invraisemblables. Toujours dans cette position, sans me regarder, elle souffla :

– C'est dingue...

CHAPITRE

6

Pile un an avant ce fameux 3 mars, des rendez-vous avaient été fixés pour tous les élèves de seconde. Le jour dit, à l'heure dite, j'étais allée dans une salle qui jouxtait le CDI et je m'étais assise derrière un bureau d'écolier. De l'autre côté se trouvait un grand homme chauve.

– Bonjour Théa, je me présente : monsieur Barnoud, conseiller d'orientation. On va parler de ton avenir, comme tu l'auras compris. Aujourd'hui tu es en seconde et tu dois faire un choix pour l'an prochain. Tu as beaucoup de chance : tes notes sont satisfaisantes dans toutes les matières, alors, pour t'aider à t'orienter, il faut qu'on parle de tes goûts.

– Ben, je sais pas, y a rien qui me plaît en particulier. Ou bien tout me plaît plus ou moins, c'est comme vous voulez.

– Non, c'est comme tu veux, toi. Tu as bien une idée du métier que tu voudrais exercer plus tard... Tu préférerais travailler dans le domaine des sciences, des lettres, ou bien du droit ou de l'économie?

– Je sais pas. Je suis encore jeune. Faudrait que je réfléchisse.

– Ah, mais ça malheureusement, ce n'est pas possible. Faut bien se spécialiser, à un moment...

– Pourquoi?

– Eh bien, pour... pour avoir un métier qui te plaise.

– Mais je sais pas encore, moi, quel métier je veux faire. Ça m'intéresse pas.

– Je comprends bien, mais il faut aussi penser à être utile à la société, tu vois?

– Je suis pas à l'école pour faire plaisir à la société, moi...

– Tu ne penses jamais à ton avenir?

– J'y pense tout le temps. Et ça fait super peur.

– Tu vois! Le temps passe, il faut que tu t'en préoccupes maintenant pour te construire le meilleur avenir possible. Écoute... Tu as la chance d'être forte en maths et en sciences. Ce n'est pas si courant pour une fille. Je ne sais pas vraiment pourquoi, il y a plein de raisons culturelles à ça, mais c'est une chance pour toi. Tu devrais profiter de tes bons résultats dans ces matières pour choisir une filière scientifique.

– Mais j'aime bien la littérature, aussi.

– Théa, il faut faire un choix. Il n'y a pas beaucoup de débouchés dans les filières littéraires, tu sais... Alors que dans les sciences... tu trouverais aisément un travail et tu serais sans doute mieux payée. Penses-y.

– J'aime bien le droit, aussi. Et la communication. Ou l'informatique. Les langues, aussi.

– Théa, il faut faire un choix. Et vite. On n'a qu'une vie...

«J'espère que tu n'es pas suicidaire?» avait demandé le professeur Jones.

Aujourd'hui, du haut de ma falaise, le visage fouetté par le vent venant de la mer, tablette en main où s'écrivent ces mots au fur et à mesure que je les pense, je me dis que ce n'était pas une question anodine. Et il savait très bien ce qu'il me proposait. Ce qu'il me proposait, c'était la vie contre la mort. Car, oui, je m'interrogeais sur le sens de la vie à cette époque et donc sur la mort, et il l'avait parfaitement compris. La vie d'adulte m'attirait mais m'effrayait encore plus. Au fur et à mesure que j'avançais, je voyais bien que les choix s'amincissaient et surtout devenaient irréversibles. Ça me désespérait. Souvent je voulais revenir en arrière, vers l'enfance et ses illusions. Je voulais tout et on ne me proposait pas grand-chose. Je voulais retrouver cette impression que le temps n'avait pas d'importance et que tout était possible. Ou alors, que tout s'arrête. Que le temps s'arrête, quoi qu'il en coûte. Le professeur Jones n'était pas seulement intelligent, il était aussi pourvu d'une grande sensibilité et il m'avait cernée dès le premier regard. Dès qu'il m'avait entendue hurler après Mia. Il me mettait en garde à sa manière, testant ainsi mon intelligence: «Si tu es motivée pour cette troisième voie entre la vie et la mort, ne montre surtout pas lors des tests à quel point tu es désespérée... »

Je n'avais pas du tout réfléchi à ce terme de « troisième voie ». J'avais juste entendu : « Sois maligne lors des tests. »

Le lendemain, je décidai de voir Théo. Le dimanche, aux alentours du repas de midi, il serait certainement chez lui. Ses parents tenaient beaucoup aux repas dominicaux, en sa présence ainsi que celle de son petit frère Valentin, huit ans. On habitait non loin d'une église dont la cloche tintait toutes les heures. Par jeu, je m'amusai, je me souviens bien, à compter chaque coup de midi. *Ding* dix, *ding* onze, *ding* douze. Puis sans réfléchir, valait mieux pas, je sortis de la maison, passant devant Maman dans la cuisine, qui glissait un repas surgelé dans le micro-ondes.

– Je reviens tout de suite, M'man.

– Dépêche, alors, c'est prêt dans cinq minutes. Après manger, on appellera ton professeur Machin, OK? Inutile d'attendre plus longtemps, qu'est-ce que tu en penses?

– Ouais, je fais vite.

Je m'attendais, bien sûr, à ce que ce soit difficile, mais je voulais au moins rétablir un contact avec Théo. Il m'en voudrait certainement d'avoir agi aussi violemment. Mais je comptais m'expliquer au moins un petit peu. J'étais encore en train de tourner dans ma tête des formulations de phrases, poussant le portillon du jardin, lorsque je restai pétrifiée par ce que je vis sur les marches du perron.

Le choix de l'heure, finalement, était malencontreux.

En effet, Théo avait invité quelqu'un d'autre que moi pour midi.

Et ce quelqu'un d'autre, dès qu'il me vit, afficha un petit sourire de victoire.

Bien entendu, ce quelqu'un d'autre, c'était Mia.

Bien entendu! Je ne sais même pas pourquoi je dis ça. Il sortait avec elle depuis deux jours à peine et déjà il l'invitait à déjeuner le dimanche chez ses parents. C'était surréaliste. Mais ça ressemblait bien à Théo, capable de s'emballer très vite pour quelqu'un ou quelque chose, et aussi un peu à côté de «ce qui se faisait». Ce dont il avait envie, il le faisait, et c'était tout.

Il me sembla que Mia avait eu un millième de seconde d'hésitation. J'étais certaine qu'elle avait failli basculer dans la même fureur que moi l'avant-veille, prête à me sauter dessus pour me rendre la monnaie de ma pièce en sang. Mais très vite, elle calcula que ce n'était pas la chose à faire. Il était en effet bien plus malin de la jouer digne victime. C'était facile, vu comme je l'avais arrangée. N'importe qui à sa place aurait été à plaindre. En effet, je ne l'avais pas loupée. Bon sang, on aurait dit qu'elle avait été attaquée par un tigre de Sibérie. Certes, ce n'étaient pas des griffures très profondes, et bientôt elle retrouverait son joli teint de poupée en silicone, mais elles étaient nombreuses. Une dizaine de traits s'entrecroisaient sur ses joues.

Dès que je fus remise de ma surprise, je fis demi-tour, refermant le portail derrière moi.

Mais Mia avait eu le temps de me balancer ce sourire triomphal.

Elle était assez maligne, en fait. Assez intelligente pour comprendre que je m'étais sabordée toute seule auprès de Théo. Sans mon esclandre, j'aurais certainement pu avoir toutes mes chances quand il se serait lassé de sa *pom-pom girl*. Mais là, j'avais tout foiré, et ça enchantait Mia. Si ça se trouvait, elle et Théo allaient devenir un de ces couples qui tenaient durant tout le lycée et même après. Parfois on en voyait qui s'installaient ensemble. Avaient des bébés... *Pour la vie*...

Je me retins de pleurer en rentrant chez moi.

– Maman, on l'appelle tout de suite, le professeur Jones.

CHAPITRE 7

Qu'auriez-vous fait, à ma place?

Cette question, en tout cas, je ne me la posai pas du tout à ce moment-là, tant j'étais persuadée que tout le monde aurait sauté sur l'occasion! Il n'était pas question d'arrêter le temps, en réalité, mais juste de l'empêcher de marquer mon corps. Tout allait continuer, les aiguilles de tourner, les feuilles des arbres de tomber, les jours et les nuits de se succéder, et moi de grandir socialement. Simplement, ma peau resterait lisse, mes organes jeunes. Comme tout le monde, j'ignorerais quand ma vie s'arrêterait, mais cette fin me paraîtrait beaucoup plus incertaine et lointaine. J'aurais sans doute plus de temps pour tout, pour faire des choix, pour m'orienter, pour me connaître, connaître les autres, pour aimer. Les choses me sembleraient réversibles, enfin. Quoi de négatif pour moi, là-dedans, à première vue? Rien.

Maman et moi avions rendez-vous le lundi en fin d'après-midi au Centre de recherche, situé au cœur de notre mégalopole. Cela signifiait qu'auparavant je devais subir l'épreuve d'une nouvelle journée de lycée. J'étais bien tentée de ne pas y aller, mais le professeur Jones avait insisté au téléphone pour que je continue à faire comme si de rien n'était.

– Jusqu'à nouvel ordre, le programme SENS est secret. Les psychologues scolaires que j'ai rencontrés ont signé une charte de confidentialité. Il faut faire en sorte de ne pas éveiller les soupçons, aussi tous nos rendez-vous auront lieu hors temps scolaire.

Il m'avait expliqué que SENS était l'acronyme du projet *Stratégies pour Éradiquer toute Nouvelle Sénescence.*

Finalement ce ne fut pas si difficile que ça, cette journée de lycée. Théo et Mia m'évitaient, et c'était tout. J'avais par ailleurs gagné un certain prestige en me rangeant malgré moi parmi les filles qui ne se laissaient pas faire. Personne ne savait ce que Mia avait pu me faire subir, mais j'avais certainement eu de bonnes raisons de lui sauter dessus, vu ma fureur dont plusieurs élèves avaient pu témoigner. C'était d'autant plus marquant que j'étais de celles qui s'arrangeaient pour passer inaperçues, d'ordinaire. Je crois aussi que, secrètement, plusieurs filles étaient ravies de voir le visage de la plus belle nana du lycée abîmé de la sorte. Bref, je récoltai quelques sourires et marques d'amitié. En revanche, le groupe des *pom-pom girls* et la cour de Mia me battaient froid, mais je m'en moquais pas mal.

L'indifférence de Théo me faisait beaucoup de peine, mais j'avais pris le parti d'attendre le bon moment pour lui parler à nouveau. Ce moment viendrait, j'en étais sûre. Le terme «moment» commençait à changer de sens pour moi. Le sablier de ma vie s'écoulait déjà plus lentement.

Il faut malgré tout que je vous raconte le cours de français de cette journée-là. Je vous parlais de destin un peu plus haut, et j'y crois vraiment. Le monde me faisait des clins d'œil appuyés pour que je marche vers ma destinée sans hésiter une seconde. On étudiait la poésie depuis Noël, et au beau milieu du cours je vis Zoé s'agiter sur sa chaise avant de lever la main. Le prof lui donna la parole.

– Il est nul ce poème, m'sieu ! C'est débile de comparer une femme à une rose !

– Zoé, c'est bien de donner ton avis, mais j'aimerais que tu argumentes.

– Non mais vous voyez, quand il dit :

Tandis que votre âge fleuronne
En sa plus verte nouveauté,
Cueillez, cueillez votre jeunesse :
Comme à cette fleur la vieillesse
Fera ternir votre beauté [1].

Ben moi je trouve que c'est blessant pour nous. Comme si c'était que la beauté qui comptait, d'abord. Et comme si elle ne durait qu'une journée. On a quand même plein de temps devant nous. C'est débile, quoi !

– Tu trouves que c'est faux ?

---

1. *Mignonne, allons voir si la rose*, poème de Pierre Ronsard.

– Ben ouais, moi je crois que la jeunesse c'est dans la tête, et puis voilà.

– Et toi Théa, tu en penses quoi?

– Je sais pas trop... Au XVIe siècle, c'était pas très différent de maintenant, en fait, non?

En réalité, pensai-je sans oser le dire, c'est pire maintenant, alors que notre espérance de vie est plus de deux fois plus longue.

Je terminais à quinze heures trente et, pour la première fois depuis mes dix ans, Maman m'attendait devant l'entrée du bahut. Zoé, à mes côtés, me prit le bras avant que je m'éloigne. Elle me chuchota :

– Tu y vas, là?

– Ouais, c'est le premier rendez-vous.

– T'as bien réfléchi à tout?

– T'inquiète, Zoé, je suis sûre de moi.

Je lui fis un gros bisou sur sa joue fraîche, les poils de son écharpe rose me chatouillèrent le menton, puis je rejoignis ma mère. On s'engouffra dans une bouche de métro.

Une secrétaire nous indiqua le bureau du professeur Jones, au bout d'une longue série de couloirs et de portes dans ces couloirs. On frappa à celle où était inscrit son nom. Il nous ouvrit lui-même, vêtu d'une blouse blanche, puis nous fit entrer et asseoir. La pièce ressemblait au cabinet d'un généraliste ordinaire, avec un pèse-personne, une toise, un rideau cachant sans doute du matériel médical, des affiches de laboratoires pharmaceutiques aux murs, côtoyant des reproductions d'œuvres d'art, et un bureau ouvragé comme on en trouve chez les antiquaires.

Il s'installa derrière ce dernier puis croisa les mains en nous souriant.

– Nous allons commencer par un entretien avant les tests proprement dits. Monsieur Torel n'est pas là ?

– Non, il n'a pas pu venir, s'empressa de répondre Maman. Vous comprenez, il habite loin et... comment vous dire ? Il s'occupe peu de Théa...

– Il a bien signé les autorisations ?

– Oui oui ! On a fait ça par Internet, hier.

– C'est quand même ennuyeux. Vous comprenez, il faut que les parents nous soutiennent. Le cas de Théa est particulier, elle est la seule mineure du groupe. Ça ira pour aujourd'hui, mais la prochaine fois il faudra absolument qu'il vous accompagne. Sinon, nous ne prendrons pas le risque de faire subir le traitement à Théa. Je dois impérativement parler avec son père.

Maman me jeta un regard furtif en marmonnant :

– Je comprends...

– De toute façon, on n'en est pas encore là. Les tests vont déterminer si votre fille a bien fini sa croissance. C'est très important. Mais ils vont aussi l'éprouver au niveau psychologique. Il faut être vraiment sûr de soi pour prendre une décision de cette importance.

– Je pense qu'elle est extrêmement motivée.

Le professeur jeta un regard oblique à ma mère, ce qui m'inquiéta un peu.

– Nous verrons cela avec elle. Je suis à votre disposition pour vous informer et répondre à vos questions, donc n'hésitez pas à m'en poser. Voici ce qui va se passer si les tests se révèlent concluants. On administrera exactement le même traitement aux trente sujets d'âges divers et des deux sexes, et on aura un rendez-vous avec chacun d'eux une fois par semaine. En outre, Théa pourra m'appeler quand elle le voudra, si quelque chose l'inquiète, par exemple. Il en est de même pour vous, madame, et également pour monsieur Torel. Il faut que vous sachiez que ce traitement n'a jusqu'à présent été testé que sur des souris. Les résultats se sont avérés très positifs et nous avons toutes les raisons de penser qu'ils le seront avec des humains. Cependant, si vous acceptez l'expérience, nous devrons vous faire signer une décharge stipulant que vous ne porterez pas plainte contre nous en cas de désagréments. Il s'agit d'une expérience, il faut que vous soyez conscients de ça et que vous l'acceptiez...

Je tressaillis. Je n'avais pas pensé à ça : et si ça foirait ? S'il venait à me pousser des boutons ou si ma peau devenait verte, soudain ? Ou si je tombais malade ? Si au contraire j'allais mourir plus vite ? Mais Maman répondit :

– On vous fait confiance. Vous êtes des scientifiques, vous savez ce que vous faites, j'imagine.

Le professeur toussa dans son poing, puis regarda ma mère dans les yeux.

– Madame, aucune science n'est exacte. Mais en effet, nous sommes assez confiants. Je suis obligé aussi de vous faire prendre conscience du bouleversement sociétal que cette découverte risque d'engendrer. Théa, il faut que tu saches toutes les conséquences qui s'ensuivront, si le traitement est commercialisé, et je suis certain qu'il le sera. Si l'arrêt du vieillissement se prolonge au point qu'on puisse devenir immortel, ce sera une véritable révolution tout en douceur. Je ne sais pas combien de temps cela prendra, mais une chose est sûre : l'humanité ne se composera bientôt plus que d'immortels. Peu à peu une sorte de surhommes peuplera la Terre. Et tu auras peut-être le privilège d'être l'une des toutes premières de cette nouvelle génération exceptionnelle.

Maman m'adressa un sourire et me donna un coup de coude pour que je me déride à mon tour.

– Tu es toujours partante, Théa ?

Le professeur Jones me regardait avec un air si lumineux qu'il me réchauffa tout entière. Je me détendis enfin.

– Oui, professeur.

– Tu peux m'appeler Baptiste. Vous allez commencer par remplir ce questionnaire : vaccins, antécédents familiaux, hospitalisations... N'omettez rien.

Ensuite on laissa Maman attendre dehors, et le professeur me parla seul à seule. Il répéta à peu près la même chose et je pris bien le temps de réfléchir à chacune de mes réponses pour montrer combien j'étais motivée.

– Bien. Tu vas venir ici tous les soirs pendant une semaine. Tu verras un psychologue, un endocrinologue, tu feras des tests pour déterminer ton niveau de santé... Et je veux que ton père vienne dans la semaine, aussi, quand il pourra, c'est important. Tu comprends ?

– Oui, monsi... Oui, Baptiste. Je vais lui expliquer...

– On est coincées, dit Maman avec mauvaise humeur une fois dehors. Il va falloir qu'on en parle à ton père. Il faut trouver le moyen de lui présenter les choses de façon à ce qu'il ne puisse pas contrecarrer nos projets...

Je savais que Maman avait encore des sentiments pour mon père et je pensais que c'était réciproque. Cependant elle savait se montrer diabolique pour obtenir ce qu'elle voulait. J'étais dans ma chambre en train de tchatter avec Zoé sur le Net – tout excitée, elle m'apprenait que le beau Mike de terminale B lui avait proposé d'aller au cinoche le week-end prochain – quand j'entendis Maman, en bas, parler à Papa sur Skype.

– Guillaume, c'est pour le bien de ta fille...

– Rachel, ta notion du bien-être m'effraie. Je suis sûr que tu te trompes là-dessus. Je ne veux pas que Théa se rende aussi malheureuse que...

– Que moi, c'est ça, hein? Sache que je vais parfaitement bien! Cesse de toujours décider pour les autres.

– Mais c'est toi qui me parais décider pour Théa, en l'occurrence.

– C'est faux. Elle a très envie de participer à ce programme. Elle n'attend que ton aval. Si tu lui refuses ça, elle t'en voudra beaucoup.

– Pourtant, je crois effectivement que je vais lui refuser ça.

– Je savais que tu réagirais comme ça, tu es impossible! Tu ne peux pas agir avec Théa comme tu as agi avec moi. Il faut que tu comprennes que les temps ont changé. On doit s'adapter. On n'a pas le choix. Et c'est pour Théa une opportunité en or de s'adapter de la meilleure façon !

– *Si, on a le choix, Rachel...*

Je l'entendis soupirer, avant de poursuivre :

– *Est-ce que c'est réversible, au moins, leur truc, là ? Je veux dire, si elle décide de tout arrêter et de vouloir continuer à vieillir normalement, elle pourra ?*

– Bien sûr, Guillaume !

Là, je savais que Maman mentait. On n'en savait rien. Et c'était une hypothèse tellement saugrenue, cette idée de vouloir à nouveau vieillir une fois le processus enclenché, qu'on n'avait même pas posé la question.

– *Ça ne me plaît vraiment pas...*

– Pense au bien de ta fille, pour une fois.

– *Je ne fais que ça, Rachel*, grinça-t-il d'un ton excédé.

– Non, tu ne l'écoutes pas assez. Tu n'as aucune idée de ses désirs les plus profonds. Tu voudrais simplement qu'elle se plie à ton idéal de vie... Ton utopie ! Et regarde avec qui elle a choisi de vivre. Avec moi !... Il serait temps que tu comprennes pourquoi. Écoute bien, Guillaume...

La voix de ma mère avait soudain des intonations métalliques.

– Si tu refuses cette chance à ta fille... dis-toi bien que... tu ne la verras plus...

Je retins mon souffle. Le courage de Maman me bluffait. Il fallait en avoir pour menacer quelqu'un qu'on aime encore un peu. Mais en même temps ça me fichait vraiment la trouille, cette menace...

À ce moment-là, j'entendis le bruit bien connu des roues du skateboard de Théo sur l'asphalte devant chez nous, alors je me précipitai à la fenêtre. Je n'eus le temps que de l'apercevoir de dos, dans son blouson d'aviateur qui lui allait si bien, je trouvais, et bonnet sur la tête. Il filait loin d'ici.

– Tu as de quoi noter? Voici le numéro du professeur Jones... dit Maman.

Le jeudi soir, j'attendais au débarcadère. Nous habitions au bord de l'océan, qui était sombre ce soir-là sous un ciel aux nuages menaçants. Le bateau venant de Portbrise avait été obligé d'allumer ses feux, bien que la nuit ne soit pas encore tombée. Je les discernais depuis dix bonnes minutes déjà, coudes sur la rambarde et menton dans les mains. J'étais contente que toute cette histoire oblige enfin Papa à quitter son île... rien que pour moi. J'étais vraiment heureuse de tout ce qui se mobilisait autour de ma personne. Lorsqu'il descendit du bateau, je réalisai que cela devait bien faire cinq ans qu'il n'était pas venu me rendre visite. À chaque fois, c'était moi qui me déplaçais... Même s'il m'accueillait très volontiers et insistait même pour que je vienne, c'était tout différent. C'était lui qui avait traversé ce petit bout d'océan. Son regard était aussi chargé que le ciel, mais il s'éclaircit en me voyant. Papa m'enlaça un peu plus longtemps que d'habitude puis me dévisagea.

– Ma petite fille...

– Ne me regarde pas comme si j'étais sur le point de me métamorphoser et que tu n'allais jamais plus me voir comme ça. C'est tout le contraire qui va se passer!

– Justement, Théa, justement...

Comme souvent depuis quelque temps, je ne comprenais pas ce qu'il voulait dire. Mais il n'insista pas, me prit par les épaules avant de m'emmener vers le bus. Il avait choisi une chambre d'hôtel non loin du Centre de recherche. Il m'expliqua durant le trajet qu'il comptait profiter de son séjour pour visiter des amis qui tenaient des galeries, ainsi que d'autres artistes. À aucun moment il n'évoqua l'idée de voir Maman et je n'osai pas le lui suggérer. Pourtant, j'aurais adoré qu'on aille au restau tous les trois, comme on le faisait parfois... avant.

Je fis un grand sourire à mon père lorsqu'il sortit du bureau du professeur Jones, le lendemain soir. Je venais moi-même de subir un test d'effort et j'étais en sueur après une demi-heure de pédalage. Mais avant de prendre ma douche – il y avait une salle de bains au bout du couloir –, je voulais récolter la réaction de mon père à chaud et j'attendais impatiemment devant la porte.

– Alors? lui demandai-je.

Il avait toujours ce regard sombre, et un peu triste aussi. Mais il sourit pour moi avant de répondre:

– Alors... Ce monsieur est très persuasif. Il a l'air de savoir ce qu'il fait. Il te reste encore quelques tests à passer, mais pour l'instant les résultats sont concluants. Et surtout il m'a rassuré. Le traitement se présente sous forme de comprimés à prendre tous les jours. Si tu souhaites un jour que le processus de vieillissement reprenne, il te suffira d'arrêter ces prises.

– Ça veut dire que... tu es d'accord?

– J'ai l'impression de ne pas avoir eu vraiment le choix...

Il continua en murmurant:

– Et je n'ai vraiment pas apprécié que ta mère imite ma signature... Mais ce n'est pas à toi que j'en veux, Théa... J'espère que cela te sera bénéfique. Je l'espère vraiment...

– Oh, Papa, je t'adore!

Je sautai au cou de mon père, comme je ne l'avais pas fait depuis longtemps. Dans l'embrasure de la porte, le professeur Jones nous observait avec un sourire.

– Tu es bien certaine que c'est ce que tu veux? souffla Papa dans mon cou. Tu as vraiment bien réfléchi?

– Je suis sûre de moi, Papa, chuchotai-je à mon tour. C'est la meilleure chose qui pouvait m'arriver, je t'assure.

Je souris en imaginant pour la première fois Mia vieille, le corps et le visage déformés par les opérations de chirurgie esthétique, pendant que moi je resplendirais toujours de jeunesse. On dit que la vengeance est un plat qui se mange froid. Je n'avais à ce moment-là pas réfléchi à qui le mangeait froid: la vengeresse ou la vengée?

– Oui, je suis sûre de moi...

Papa repartait le soir même pour son île. Il n'avait même pas essayé d'apercevoir Maman...

– Théa, je te présente le docteur Deltaire, ainsi que... Rosalie...

Le docteur Deltaire était une petite femme bien en chair et très souriante, au regard vert et aux cheveux blonds coupés au carré. Elle m'adressa un bonjour cordial, avant de s'occuper de Rosalie qui n'était autre qu'une jolie souris blanche, enfermée dans une cage.

– Elle est trop mignonne! m'exclamai-je en me penchant vers l'animal.

Elle n'était pas la seule de son espèce dans la pièce aux murs immaculés. Une grande quantité de souris semblables étaient là, en train de déambuler dans des labyrinthes, tourner dans des roues, grignoter du maïs, ou sereines dans leur cage, comme Rosalie.

– Nous avons eu l'idée d'attribuer à chacun des trente sujets humains une souris qui correspond au même sexe ainsi qu'à l'équivalent de leur âge en temps de souris.

Il rit.

– On a utilisé une bonne vieille règle de trois! Une souris a une durée de vie moyenne de deux ans, et nous les humains, pour l'instant, de quatre-vingt-un ans. Comme tu as bientôt seize ans, ta souris Rosalie a donc presque cinq mois.

J'approchai ma main des barreaux et Rosalie vint la renifler. Son museau était adorable et son pelage avait la couleur d'une neige très pure et propre. Son regard aussi me plaisait, hyper brillant. Ainsi que ses oreilles toutes roses.

– Rosalie commencera le traitement en même temps que toi.

Je me redressai vivement.

– Vous voulez dire que...

– Oui, Théa, tous les tests que tu as subis sont très satisfaisants. On te retient pour le programme SENS. Je te félicite. On débutera le traitement le lundi 3 avril.

Je sautai de joie. Le 3 avril, en plus, c'était le jour de mon anniversaire.

Je fis un bisou sur le museau de Rosalie.

DEUXIÈME PARTIE

Celle que je suis

CHAPITRE 8

Les paroles de la chanson *Joyeux anniversaire* résonnaient encore dans ma tête, tandis que j'essayais de me détendre, allongée sur un brancard d'hôpital.

On était le lundi 3 avril, et j'avais dû me rendre tôt et à jeun au Centre de recherche, dans la section hospitalière. Papa avait appelé juste avant que Maman et moi partions de la maison. Sur l'écran de l'ordinateur, on devinait qu'il était crispé. Il avait quand même fait l'effort de chanter la petite chanson de circonstance, avant d'ajouter :

– *Tu es toujours sûre de toi, ma chérie ? Tu sais que tu peux encore revenir en arrière et décider de ne pas subir l'opération. Tu le sais, n'est-ce pas ?*

– Oui, Papa, mais je suis décidée. On doit y aller, là. En plus je crève de faim, alors si je bouge pas, c'est encore pire. Ciao !

L'anesthésie commençait à produire son effet, j'avais l'impression que mon corps entier devenait un gros morceau de caoutchouc et ma tête se faisait lourde. Je revoyais également Théo dans mon esprit de plus en plus brumeux. On avait finalement réussi à se parler, plusieurs jours après que j'avais agressé Mia. C'était lui qui avait fait le premier pas. Il avait certainement besoin de comprendre. Un jour, en rentrant du collège, je l'avais trouvé dans ma chambre. Auparavant, cette façon de faire était courante entre nous. Ses parents, tout comme ma mère, nous aimaient bien tous les deux, et la porte de l'un était ouverte à l'autre sans condition. J'avais pris l'habitude de planquer tout ce qui était trop intime, comme ce carnet couleur vert d'eau où je criais mon amour pour Théo sous forme de mots silencieux. Il était donc allongé sur mon lit, bras derrière la tête, comme au bon vieux temps. Après un temps d'arrêt, j'avais posé mon sac dans un coin avant de m'asseoir sur ma chaise de bureau. Je n'avais rien dit. J'attendais qu'il parle.

– Pourquoi as-tu fait ça? avait-il fini par demander.

Son beau regard vert était planté dans le mien. Était-il possible qu'il n'ait jamais compris les sentiments que j'éprouvais pour lui? En était-il si loin lui-même? Une profonde tristesse s'était abattue sur mon cœur.

– Parce que je suis bête, affreuse et méchante. Qu'est-ce que ça peut être d'autre?

– Il y a bien une raison, non?... Tu étais jalouse, c'est ça? C'est parce que j'ai une petite copine et que toi t'as pas de petit copain? Mais tu sais, ça va arriver, t'as pas besoin de m'envier à ce point.

– Merde, Théo...

J'avais vraiment envie de pleurer. J'avais envie d'ajouter: «Est-ce que c'est possible que tu sois si aveugle?» Ou mieux: «T'es débile ou tu le fais exprès???»

– En tout cas t'aurais pas dû faire ce que t'as fait. Je t'en ai beaucoup voulu. Tu comprends pourquoi je t'évitais? Et puis j'avais du mal à piger... Mia me disait de te laisser tranquille, qu'il ne fallait pas que je te parle sous le coup de la colère... Tu vois, elle ne méritait pas ça, c'est une chouette fille. Tu verras quand tu la connaîtras mieux. Ce serait super que vous deveniez copines. Ma petite amie et ma meilleure amie... Ce serait le top, pas vrai?

– Ouais... Sûrement.

– Mais faudrait que tu lui demandes pardon, avant.

Pardon, pardon, pardon... Ça résonnait dans ma tête. *Joyeux anniversaire!* La tête de l'infirmière au-dessus de moi se brouillait.

– *T'es une fille géniale*, me disait encore Zoé dans mon rêve.

– *Comment je m'appellerai quand je serai grande?*

– *Pour la vie, Théa.*

Puis ce fut le noir complet.

Je me réveillai dans une chambre d'hôpital impersonnelle, seule. Je refermai les paupières, écoutant mon corps de tous mes sens. Non, il était impossible que je sente la présence de ces minuscules robots dans mes artères, ils étaient vraiment nano-trop-petits. Voilà, j'avais passé la première étape. On m'avait injecté plusieurs robots chirurgiens dans le corps, qui veillaient contre les éventuelles tumeurs que le traitement pourrait favoriser. J'aurais pu rester en état de veille pendant ce qui ne ressemblait qu'à de banales piqûres, d'après le professeur Deltaire, mais j'avais demandé l'anesthésie complète. Je préférais ne pas voir ça, ces trucs étrangers injectés exactement comme avait été propulsé le lieutenant Tuck Pendleton miniaturisé dans le corps d'un employé de supermarché, dans ce film que j'avais bien aimé, *L'aventure intérieure*. Et si, pour les besoins de l'expérience, ils avaient eux aussi miniaturisé quelqu'un pour le balancer dans mon sang? Peut-être que le professeur Jones était en ce moment même en train de piloter son engin dans mes veines?...

– Comment te sens-tu?

Ouf, le professeur Jones venait d'entrer dans la chambre et il avait une taille ordinaire.

– Très bien. Je sens rien du tout.

– C'est tout à fait normal. Maintenant, sois bien attentive à ce que je vais te dire. Regarde cette boîte.

Il sortit de la poche de sa blouse un flacon blanc en plastique avec une étiquette dont je n'arrivais à discerner que 4-OHT parmi de nombreuses autres inscriptions.

– À l'intérieur se trouvent des pilules que tu devras prendre à heures régulières tous les jours. Par exemple, le soir avant de te coucher ou au moment de te brosser les dents. Choisis un moment qui soit rituel, afin de ne jamais oublier. Ce que je te dis là est capital. Si tu oublies un soir, appelle-nous. On rattrapera le coup, mais il ne faut vraiment pas que ça se produise plus d'une fois. Ce sont ces pilules qui vont favoriser l'activation de la télomérase... et stopper ton vieillissement. À partir d'aujourd'hui, qui est par coïncidence aussi le jour de tes seize ans, tu ne subiras plus les outrages du temps, comme on dit !

Il rit de son rire si particulier, aussi éclatant que bref.

– Rendez-vous la semaine prochaine, Théa. Nous nous verrons désormais tous les mercredis après-midi.

Maman me rejoignit peu après, m'annonçant qu'on pouvait s'en aller. Je me rhabillai, je n'oubliai pas le flacon rangé dans une petite pochette isotherme bleue et suivis ma mère dans le couloir. J'eus la surprise de croiser là plusieurs personnes portant en bandoulière la même glacière de poche. Elles étaient jeunes ou vieilles, noires, métissées ou blanches, bien habillées ou d'allure plus modeste, il y avait des hommes et des femmes. Nous nous dévisageâmes tous en silence. On nous avait tant seriné qu'il fallait garder le secret que même entre initiés nous n'osions pas parler.

Et puis il était inutile de dire quoi que ce soit. On savait à quoi s'en tenir : chacun avait conscience de faire partie d'un panel très représentatif de notre population. Et que ce panel ne vieillirait pas.

J'avais invité Zoé à partager mon gâteau d'anniversaire. Pas Théo, qui serait certainement venu avec Mia, et je n'en avais aucune envie. Si les événements avaient été différents, j'aurais sans doute organisé une grande fête, avec au moins tous les élèves de la classe, mais entre mon passage à l'hôpital le matin et mon refus de voir Théo avec Mia, c'était trop compliqué. J'avais cependant proposé à Zoé : « Viens avec qui tu veux», pensant qu'elle viendrait avec le beau Mike avec qui elle avait fini par sortir. Mais lorsque j'ouvris la porte, j'y trouvai cet échalas de Tom acnéique en compagnie de mon amie.

– Il était tout seul aujourd'hui, alors... je lui ai proposé de venir...

Elle s'approcha de mon oreille pour me chuchoter:

– Tu m'en veux pas? Il m'a fait de la peine.

– T'inquiète, répondis-je.

Finalement ce Tom se révéla assez sympa. Ma chambre était trop petite et ma mère téléphonait dans le séjour qui communiquait avec la cuisine, alors on s'installa tous les trois dans le jardin malgré le froid, emmitouflés dans nos doudounes. J'allumai des bougies chauffe-plats dans de jolis photophores, que je disposai sur la table en fer forgé. Puis je sortis la bière du frigo. Tom extirpa une cigarette d'un paquet et me dit que pour mes seize ans il fallait au moins que j'essaie. Mon père m'aurait tuée s'il l'avait su, mais voilà, ce jour-là je fumai, je bus et ce fut quelque chose d'amusant et de transgressif. On rigola pas mal.

Il n'empêche que je la voyais autrement, la fête pour mes seize ans.

Théo m'appela tout de même pour me souhaiter un joyeux anniversaire, mais il ne me rendit pas visite. Durant tout le temps qu'on passa au jardin, je lorgnai du côté de sa fenêtre et je finis par croire qu'il n'était pas chez lui. J'entendais juste son petit frère Valentin jouer au ballon contre le muret. Ses parents sonnèrent à la porte vers seize heures, avec un petit cadeau : de très bons chocolats. Ils sentaient bien qu'on s'éloignait, tous les deux, mais ils restaient semblables à eux-mêmes, c'est-à-dire super gentils, ce dont je leur étais reconnaissante.

Le soir, en compagnie de Maman, je soufflai mes seize bougies, disposées en deux cercles sur un gâteau au chocolat, le même qu'elle me confectionnait chaque année, depuis que j'avais quatre ans, décoré de bonbons colorés, avec un visage de *smiley*. À chaque fois, l'absence de Papa se faisait cruellement sentir. Maman essayait d'être gaie pour deux, voire pour trois, mais ça ne marchait jamais tout à fait. On regarda deux films à la suite pour fêter ça, des comédies sentimentales qui nous firent pleurer toutes les deux, puis j'allai me brosser les dents avant de me coucher. Mais encore avant ça, je n'oubliai pas d'avaler ma toute première pilule.

Je m'endormis avec la tête qui tournait un peu.

CHAPITRE

9

4 avril. C'était le premier jour de ma dix-septième année et de mon non-vieillissement. J'avais cherché un terme moins négatif mais je n'en avais pas trouvé. «Rajeunissement» était faux, «jeunesse éternelle» incertain... Rien ne convenait. L'expérience que j'avais entamée ne pouvait se nommer que «non-quelque chose». Arrêt de... Stop.

Je me réveillai pourtant avec un sentiment de puissance indicible. Différente. Peut-être immortelle. J'avais infiniment plus de clés en main que n'importe qui d'autre.

Je repoussai vivement la couette et ôtai ma chemise de nuit. Je pris plaisir à me promener toute nue un moment. J'étais loin de trouver mon corps parfait: cuisses trop grosses, petit ventre, genoux pas beaux. Mais ce matin-là je m'en fichais. J'aurais tout le temps de l'améliorer par du sport ou autre, me dis-je. Ce qui comptait, c'était qu'il était en pleine santé. Cette santé, je la sentais palpiter dans mes veines. C'était un corps souple qui ne m'avait jamais causé de soucis. Un corps jeune, sans douleur aucune, qui pouvait se faire oublier. Je sautai, courus sur place, avec la satisfaction de savoir que je pourrais en faire tout autant dans soixante ans. Ou soixante-dix. Ou cent. Oui, c'était possible, courir et se trémousser à cent seize ou deux cents ans. C'était une idée tellement dingue que je me mis à rigoler toute seule. Des images d'un film me revinrent. Ça s'appelait *Highlander* et de beaux Écossais immortels s'y affrontaient dans de superbes paysages. Ils avaient déjà des centaines d'années. Cela m'arriverait-il de vivre dans des temps aussi éloignés de ma naissance? Je fis le geste de brandir une immense épée, exécutant de gracieuses circonvolutions... Seule une décapitation pouvait mettre fin à la vie d'un immortel. *Schlak*. Qui serait le dernier immortel? *Tatata*... Je ne me souvenais plus bien de la suite du film mais je ne fis pas l'effort de me la rappeler. Je fis mine de poser mon épée puis j'ouvris mon placard. Je réfléchis. Je ne pouvais plus m'habiller comme tout le monde. Je n'étais plus du tout *comme-tout-le-monde*. Est-ce que je n'avais pas le droit de le signifier d'une façon ou d'une autre, puisque je devais encore garder le secret sur l'essentiel? Je farfouillai dans la penderie pour finalement choisir des vêtements qui m'avaient toujours plu mais que je ne mettais jamais: cette jupe aux gros motifs fleuris et ce pull anthracite très échancré, orné de quelques fils dorés... Je les trouvais trop voyants auparavant. Mais avec des collants rouges, c'était du meilleur effet.

Postée devant mon miroir, je posai du mascara sur mes cils et de l'eye-liner sur la paupière supérieure. Un rose à lèvres brillant. Pas besoin de couleur sur mes joues, j'avais déjà bonne mine et je n'étais pas mécontente de la qualité de mon teint. Quant à mes longs cheveux noirs, je ne les emprisonnai pas dans une queue-de-cheval toute simple comme je le faisais d'habitude. Je les laissai libres dans mon dos, ça ressemblait à une cape.

Pour finir, j'allai piquer un manteau en laine blanc et noir dans les affaires de ma mère, super classe. Ça tranchait avec le côté un peu trop rock'n'roll du reste. Parfait équilibre stylistique. J'étais contente de moi et je me trouvais belle.

– Théa? C'est bien toi?

Le destin. Toujours le destin. Ce dernier voulut que Théo quitte sa maison en même temps que moi pour se rendre au lycée, alors que ça faisait des semaines que ça n'était pas arrivé. Je lui fis un sourire immense.

– Tiens, Théo...

– Ça alors, mais qu'est-ce qui t'est arrivé?

– Qu'est-ce que tu veux dire?

– Je sais pas... T'es jamais allée au bahut comme ça. D'ailleurs, je ne t'ai jamais vue habillée comme ça!

– Y a un début à tout. Tu fais pas le chemin avec Mia? D'habitude elle passe te prendre super tôt.

– Non... Elle avait rendez-vous avec ses copines d'entraînement.

– Ah ben oui, c'est du boulot de balancer son pompon toutes en même temps.

– Théa...

Mais il souriait. Alors je souris à mon tour et on fit le trajet ensemble. On parla comme ça ne nous était pas arrivé depuis des lustres. De tout et de rien, en rigolant souvent. Et il me jetait des coups d'œil furtifs et étonnés. Jamais il ne m'avait regardée comme ça. J'avais le sentiment de lui plaire. Mon cœur se regonflait peu à peu, comme si Théo lui-même actionnait une pompe à air branchée dessus.

L'accueil que me fit Zoé fut tout aussi enthousiasmant. Elle était dans les bras de Mike, en train de discuter avec un groupe d'autres élèves de terminale, sans doute des copains de son petit ami. Dès qu'elle me vit, elle se dégagea pour courir vers moi.

– Théa ! T'as un super-look ! T'es magnifique ! Je savais même pas que tu pouvais être aussi canon.

– Je sais pas si je dois dire merci, là.

– Mais si, c'est un compliment, tu es superbe ! N'est-ce pas, Théo ?

– J'avoue que... oui, elle est belle.

Mon cœur fit un bond dans ma poitrine. Zoé approcha son visage de mon oreille pour chuchoter :

– C'est un effet secondaire du traitement, ou quoi ?

– En quelque sorte... Je crois, oui !

– Eh ben, pour l'instant, c'est rien que du positif. Tu pourras le dire à ton professeur Jones !

– Chuuut, Zoé...

Elle se mit à rire pour toute réponse et me prit par le bras pour me présenter aux copains de Mike. On planta Théo sur place. Il ne nous suivit pas et s'éloigna, sans doute pour rejoindre Mia. Zoé me chuchota encore que c'était comme ça qu'il fallait agir pour ferrer un mec : cesser d'être à ses basques et au contraire se montrer distante avec lui et désirable aux yeux des autres. Je traînai les pieds mais l'intérêt des élèves de terminale à mon égard me fit rapidement oublier mon hésitation. Le grand Tom vint quelques instants plus tard nous dire bonjour, sans omettre de me toiser avec des yeux grands comme des balles de golf. Il ne fit aucun commentaire mais nous dit :

– Hé, les filles, mon grand frère organise un truc dans un mois. Il faut s'inscrire et tout, c'est pour ça que je vous en parle déjà. Toi tu le sais, Zoé, qu'il est photographe. Il fait un vernissage d'une expo de ses photos, ça c'est jamais super passionnant, mais ensuite y a toujours à boire, à manger, et c'est rigolo quand même de voir les gens faire des commentaires pompeux et ridicules genre : « Hum je trouve que ça ressemble à du Peter Lindbergh, vous savez le photographe du XXe siècle, n'est-il pas ? Mais il n'a pas encore atteint sa maturité »...

Il avait dit ça avec un ton précieux et le petit doigt en l'air, ce qui nous fit sourire. Il ajouta :

– Mon frère m'a dit que je pouvais inviter un ou deux amis. Et franchement, avec vos looks, je trouve que ce serait trop de la balle de vous voir là-bas.

J'ignorais que son frère était effectivement un jeune artiste très en vue. J'imaginais un Tom juste un peu plus âgé, donc pas super charismatique, et j'allais éluder l'invitation, mais Zoé accepta avec enthousiasme en me précisant que ça allait certainement être vraiment intéressant. En plus, elle adorait les expos, les musées, tout ça. Alors je promis de l'accompagner.

En attendant, il fallait aller en cours comme d'hab. Ce jour-là, les discours des profs me parurent encore plus ennuyeux qu'avant. Derrière les fenêtres, le monde m'appelait. Cette fois, je sentais qu'il avait beaucoup de choses à m'apporter. Bien que j'aie plus de temps devant moi, paradoxalement je n'avais plus à attendre. Peut-être que l'éternité se vivait à toute allure?

Dès le lendemain, un des copains de Mike, en terminale B, courut derrière moi alors que je m'apprêtais à rentrer à la maison pour midi.

– Théa, attends-moi!

Je stoppai mes pas et me retournai. Il était vraiment pas mal, pas très grand mais avec un blouson mi-long en cuir et des lunettes noires. Tout un style qui m'aurait largement intimidée auparavant, c'est-à-dire deux jours plus tôt, autant dire un siècle. Aujourd'hui j'étais ce que chacun ignorait et, rien que par ce secret, je n'avais plus à avoir peur des autres. Je me sentais forte.

– Tu te souviens de moi? Je suis un copain de Mike. Je m'appelle Rémi.

– Oui... Rémi...

– Écoute, heu... Ça te dirait de... hum... venir boire un coup au café à côté du lycée, tu vois? Après les cours de cet aprèm... Je finis à seize heures trente.

– Ah... Moi aussi...

J'étais estomaquée. Jamais, de toute ma vie, un aussi joli garçon ne m'avait filé un rencard avec ce petit air timide... *Comme si je pouvais le lui refuser!* Oui, c'était ça, il craignait que je dise non, et je trouvais ça tout à fait extraordinaire. La surprise me fit sourire, ce qu'il prit pour une marque de mépris ou je ne sais quoi. Je vis les traits de son visage s'affaisser sous la déception.

– Oui bon, excuse-moi, c'était juste que...

Il allait partir.

– Mais non, mais non! Attends! Je suis d'accord! Oui, je suis d'accord!

Son visage s'éclaira. Et je n'en revenais pas qu'elle ait pu être provoquée par moi, cette lumière-là.

Je le retrouvai donc au café le soir même. On but des bières, on fuma. Rémi me taquina en me disant que le tabac était mauvais pour la santé. Mais je savais, avec mes petits robots magiques, que je n'aurais jamais de cancer de quoi que ce soit, ce qui est le risque principal quand on fume trop. Je pouvais fumer même deux fois plus que les autres et ça me faisait rire. Ce fut pendant un éclat de rire qu'il entoura mes épaules d'un de ses bras. Je redevins sérieuse subitement, je le regardai et il m'embrassa. C'était fantastique. J'adorais l'odeur de sa veste en cuir.

– Tu es... différente, murmura-t-il par la suite.

Puis des copains à lui arrivèrent en rigolant, ils le charrièrent sur nous deux avant de se joindre à nous. Ils nous offrirent à boire, puis ce fut au tour de Rémi. Moi j'étais mortifiée de ne pas avoir d'argent, mais je bus quand même les verres qu'ils m'offraient. Rémi me dit de faire attention et que je buvais trop vite. Il avait sans doute deviné que je n'avais pas l'habitude, mais je ne voulais pas passer pour une oie blanche, alors je faisais comme eux. Et puis c'était drôle. J'étais enfin dans la vie, la vraie. En tout cas le pensais-je. Et puis j'étais immortelle, non? D'abord, je n'avais pas encore fêté ça et, ensuite, cette jeunesse qui promettait d'être longue, il fallait que je la vive à fond. Sinon, je risquais de m'ennuyer! Alors j'enchaînai verre sur verre. On rigola beaucoup avec Rémi et ses copains. Il n'arrêtait pas de m'embrasser pour montrer combien il était fier de moi. Puis ensuite ce fut beaucoup moins drôle, voire franchement désagréable. Je demandai à Rémi de me raccompagner chez moi. Le monde entier tournait, les lumières de la soirée créaient des traînées pâteuses autour de moi. J'avais un mal de crâne atroce et j'avais super peur de dégueuler devant mon nouveau copain. Heureusement, je ne vomis qu'une fois arrivée dans ma salle de bains. C'était vraiment l'horreur, et je pleurai même en pensant que je ressemblais à ma mère dans ses pires moments.

Mais en me réveillant, j'allais parfaitement bien. Et j'étais super contente d'avoir vécu ma première cuite! Est-ce qu'on peut se sentir grandir sans ce genre d'épreuve initiatique? Certains disent que les ados font des bêtises parce qu'ils savent qu'ils ont fini leur croissance. Ils ne grandissent plus de façon visible et il leur faut des rites, des trucs comme ça pour accéder à l'étape supérieure: le monde adulte. Pour moi, c'était plus fort encore car, non contente de ne plus grandir, je ne vieillissais plus.

CHAPITRE 10

Le lendemain de ma première cuite, Rémi et moi ne nous décollâmes l'un de l'autre que pour nous rendre dans nos classes respectives. Plusieurs fois, je surpris le regard de Théo sur moi. C'était un drôle de regard, que j'avais du mal à déchiffrer. Quoi qu'il en soit, il n'avait pas l'air très heureux. Mais moi je l'étais et j'espérais qu'il était jaloux. Zoé était super contente que je sorte avec un copain de son Mike.

– On va vachement s'amuser tous les quatre !

Mais les choses en allèrent autrement. Rémi avait été le premier, mais les prétendants ne tardèrent pas à m'aborder les uns après les autres. C'était fou ! J'avais juste changé mon look. Mais il y avait peut-être autre chose. C'est vrai que je me sentais différente, incroyablement puissante. Immortelle, quoi ! Les autres devaient aussi le deviner à mon regard, ma démarche, mes gestes. Une nouvelle assurance. Une certaine distance, aussi. En tout cas c'était incroyable, ça attirait les mecs comme des mouches.

Parmi ceux qui me demandaient de sortir avec eux, il y en avait de super mignons. J'aimais bien Rémi, mais je n'en étais pas amoureuse comme j'avais pu l'être de Théo. D'ailleurs, étais-je toujours amoureuse de Théo? Soudain, je n'en étais plus aussi sûre. Je ne savais plus. De toute façon, il s'affichait toujours avec Mia. Leur relation prenait une tournure bien solide.

Quoi qu'il en soit, je plaquai Rémi ce soir-là, parce que Yaël me plaisait vachement. C'était la première fois que je plaquais quelqu'un et sans doute m'y pris-je très mal. Difficile de trouver les mots dans ces cas-là... En tout cas Rémi eut d'abord l'air très triste puis, amer, il me lança :

– Comment est-ce que tu peux me laisser tomber? Il y a à peine quelques jours, tu ressemblais à rien et personne faisait attention à toi. Je suis le premier à t'avoir remarquée ! Et tu me le fais payer...

Estomaquée, je ne pus que bredouiller :

– Je t'assure, Rémi, c'est pas du tout ça...

La peine rend certaines personnes hypocrites. Il savait très bien que c'était d'abord moi qui avais décidé d'être remarquée. C'était juste qu'il me fallait apprivoiser ce désir-là qui se répercutait si efficacement chez les autres. D'ailleurs, je n'eus aucun mal à sortir avec Yaël, qui n'attendait que ça. Je ne regrettai pas, parce qu'il embrassait super bien. Zoé me regarda elle aussi bizarrement, de loin dans la cour, alors qu'elle était en compagnie de Mike et de Rémi à l'air déconfit. Mais je haussai les épaules et replongeai dans un baiser somptueux avec Yaël.

Puis ce fut le premier mercredi où je devais voir le docteur Jones.

Maman avait rendez-vous pour passer un casting d'animatrice, aussi retournai-je au Centre de recherche toute seule. Lorsque le professeur Jones m'ouvrit la porte de son bureau, il marqua un temps d'arrêt en me voyant. Pourtant j'avais fait *soft* cette fois-ci. Je ne m'étais maquillée que légèrement, et ma seule excentricité était un manteau violet ainsi que des mitaines noires. Baptiste ne dit rien avant qu'on soit assis l'un en face de l'autre. Puis :

– La dernière fois que nous nous sommes vus, c'était il y a huit jours à peine. Et je te trouve très changée… Que s'est-il passé ?

– Je n'ai pas changé tant que ça. Vous ne voyez pas ? C'est toujours moi, Théa. Et puis, il paraît que je ne vais plus vieillir, alors…

– Alors tu as tout ton temps.

– Eh bien c'est drôle mais… c'est justement pour ça que j'ai le sentiment que la vie peut accélérer. Et je me sens forte. Très forte. Donc les choses peuvent m'arriver, vous comprenez ? Alors elles arrivent, et je n'ai aucune raison de les faire attendre, même si j'ai tout mon temps.

– Je comprends, Théa. Mais fais bien attention : ton vieillissement est stoppé, mais tu es toujours mortelle. Tu peux très bien avoir une maladie autre que le cancer ou bien mourir d'un accident. Ne l'oublie pas.

– Oui. Mais je suis jeune. Et pour longtemps ! J'ai quand même peu de chances de choper une maladie et je suis assez prudente à part ça. Je m'inquiète pas trop.

– D'accord, Théa. Bien, je note tes impressions, c'est intéressant. Veux-tu m'en dire davantage ? Ce que tu ressens, par exemple ?

Je lui racontai uniquement ce que je voulais. Il se contenta de mon bavardage. La fois suivante, il me ferait une prise de sang pour vérifier que tout allait bien, mais là c'était inutile car on était au début du traitement. Puis je demandai à voir la souris Rosalie, que j'avais trouvée super mignonne la fois d'avant. Le professeur Jones m'accompagna jusqu'au laboratoire du professeur Deltaire et me dit au revoir.

Rosalie était toujours aussi belle. Et même peut-être davantage. Son pelage resplendissait de blancheur. Elle était en train de galoper à l'intérieur d'une roue.

– Elle a l'air d'aller vachement bien, constatai-je.

– Depuis le début du traitement qu'elle a commencé pile le même jour que toi, m'expliqua le professeur Deltaire, elle est en forme, c'est vrai, mais pas forcément plus qu'avant. Non, pas de réels changements d'après moi.

Rosalie ralentit sa course avant de sauter hors de la roue et de s'approcher de moi en reniflant les barreaux.

– Hé, elle me reconnaît, on dirait !

– Je ne sais pas ! rit le professeur. En tout cas elle vient te dire bonjour, c'est certain.

– Je peux la prendre dans ma main ?

Deltaire hésita, puis finit par ouvrir la porte de la cage, y passer son bras et attraper Rosalie. Je la saisis à mon tour et c'était une sensation merveilleuse de sentir cette toute petite vie entre mes mains. Je sentais son cœur palpiter. J'approchai son museau de mon nez et on se fit un bisou d'Esquimaux. Je n'avais jamais eu d'animaux, Maman ne voulait pas, alors que j'en avais toujours rêvé. Cette souris, d'une certaine façon, était à moi, et même si je ne pouvais la voir que le mercredi, c'était un bonheur de plus. Je trouvais ma vie subitement très différente et surtout formidable.

La semaine suivante, j'avais déjà plaqué Yaël pour Malo, Malo pour Noé et Noé pour Yan.

– Ça alors, me dit Zoé alors qu'on fumait, planquées derrière le gymnase, mais tu deviens une vraie croqueuse d'hommes ! Qu'est-ce qui te prend ? Fais gaffe, y en a qui commencent à te faire une réputation...

– Une réputation ? Comment ça ?

– Eh bien, de fille facile... Ça va vite, tu sais. T'as rien remarqué ?

– Non, qu'est-ce que j'aurais dû remarquer ?

– Les regards des filles et les remarques des mecs. Certains s'imaginent que tu sortirais avec n'importe qui.

Je me mis à rire.

– Non, seulement avec les plus beaux gosses !

Zoé rit à son tour, avant d'ajouter :

– Fais gaffe quand même. Les garçons sont comme nous, tu sais, ils ont des sentiments parfois.

– Ah oui, ça leur arrive ?

– Ben oui. Tu peux pas les traiter comme des mouchoirs jetables. Il y en a à qui ça peut faire du mal.

– Oh...

Durant quelques instants, nous nous amusâmes à essayer de souffler des ronds de fumée en silence. Peine perdue, c'était trop difficile.

– OK, Zoé. T'as sans doute raison. Je vais faire plus attention. Mais quand même, y a le bel Yvo qui me fait de l'œil depuis quelques jours. Je peux pas juste un peu?...

– Théa! Tu es devenue impossible! T'es sûre que c'est le bon traitement que tu prends? Moi je pense qu'ils se sont trompés, en fait tu avales tous les jours des pilules pour devenir complètement nymphomane, et ça marche d'enfer!

On éclata de rire.

Un peu plus loin, sous les gradins du stade, le groupe de *pom-pom girls* sautaient et haussaient une jambe puis une autre. Cela avait quelque chose de triste dans le froid et le silence. Mia était là aussi, mais je me moquais pas mal d'elle maintenant.

Pendant tout ce temps, Maman trouvait le temps long. Elle ne décrochait toujours pas de travail, n'avait toujours pas d'amoureux, et elle disait se voir vieillir un peu plus chaque jour. Lorsque je rentrais du lycée, il n'était pas rare qu'elle s'en prenne à moi:

– Mais combien de temps ça va durer, leur expérience? Quand vont-ils enfin pouvoir juger qu'elle est positive? Et quand se décideront-ils à commercialiser ces fameuses pilules? Ils ne voient pas que tu supportes ça très bien? Je suis sûre que c'est pareil pour les autres cobayes. Elle est positive, l'expérience, évidemment ! Il faut que tout le monde puisse en bénéficier. Et vite !

Je ne répondais pas. Mais un soir, Maman avait un peu trop bu et elle commença à chercher frénétiquement ma boîte de médicaments dans la salle de bains. Par chance, je l'avais rangée dans le bureau de ma chambre et elle n'eut pas l'idée de l'y chercher là.

– C'est moi qui en ai le plus besoin, dit-elle. C'est à moi de prendre ce traitement. Théa, dis-moi où sont les pilules ! Il me les faut !

Je ne répondis rien. Je me contentai de rester prostrée sur le canapé du salon, tout en pleurant silencieusement. Bien entendu, comme à chaque fois Maman s'excusa platement le lendemain, sincèrement désolée de son comportement et de ce qu'elle m'avait fait supporter. Il n'empêche, je pris l'habitude de planquer mon flacon de pilules tous les jours à un endroit différent.

CHAPITRE

11

À peu près trois semaines après le début du traitement, j'eus mon premier rêve bizarre. Encore aujourd'hui, en y repensant, ce cauchemar me terrifie. Mais je dois tout raconter avec honnêteté. Pour me donner du courage, je me suis installée sur un gros rocher face à la mer. La fraîcheur du temps ainsi que l'horizon au loin m'aident à me sentir vivante. Des gouttes d'écume viennent par moments s'écraser sur mon écran. Je les essuie du revers de ma manche, et les mots ressuscitant ce rêve ancien s'alignent sous mes yeux.

La petite Théa me ressemble. Ou bien c'est moi qui lui ressemble encore. Les mêmes cheveux longs, le même regard un peu vague, la même moue butée. Elle joue à la poupée dans sa chambre, tout en chantonnant. C'est comme si je l'observais du plafond. Je la regarde longtemps, heureuse de la voir si insouciante. Et puis je reconnais des jouets que j'ai gardés longtemps avant qu'on les vende lors d'un marché aux puces. J'ai pu bénéficier de l'argent qu'on en a retiré et je me suis acheté un iPod. Petite Théa entonne une berceuse puis des comptines que Papa et Maman me chantent parfois, qu'ils ont eux-mêmes apprises de leurs parents. Elle borde un poupon dans un berceau décoré de dentelles. Puis elle lui dit :

– Comme tu as déjà grandi, bébé... Bientôt, je ne pourrai plus t'enfiler ce manteau, et ces chaussons seront trop petits. Jusqu'où iras-tu comme ça, bébé? Est-ce qu'un jour tu me dépasseras? Il ne faut pas, tu sais. Il faut que tu restes toujours mon bébé.

Petite Théa cesse soudain son babillage. Elle se lève puis se met à reculer. Le poupon dans le berceau grandit. Petite Théa porte ses menottes à ses joues, les yeux écarquillés par l'effroi. Le poupon grandit, grandit, grandit. L'armature en osier craque, puis les voilages du berceau. Il grandit encore. La petite fille hurle. Un bras du poupon passe par la fenêtre en brisant les vitres, puis la tête et les pieds défoncent les murs.

Les briques tombent.

Un cri strident de Petite Théa... qui soudain se fige pour de bon. Son regard se vide. Son souffle disparaît. Elle est devenue poupée de plastique à son tour. Mais elle reste telle qu'elle a été pétrifiée, contrairement au poupon qui n'en finit pas d'enfler. Petite Théa est devenue inanimée à jamais,

à jamais
à jamais
à jamais.
Je me réveillai en sueur.

À vrai dire, j'avais oublié l'expo du frère de Tom. J'étais affalée sur le canapé du salon, en train de regarder distraitement les informations tout en raclant un pot de glace au chocolat. J'avais décidé de passer un vendredi soir tranquille, déjà un peu fatiguée par ma toute nouvelle vie de séductrice. Au bout d'un mois à peine, l'exaltation à propos de mon non-vieillissement était retombée. Après tout, on vieillissait lentement à mon âge et on ne se rendrait compte des effets de mon traitement qu'aux alentours de mes vingt-cinq ans ou quelque chose comme ça. À quel âge a-t-on ses premières rides? Ce doit être vers cet âge-là, oui. Je ne serais spectaculaire que dans dix ans. Et encore, peut-être même pas, si d'ici là tout le monde avait accès au traitement. En somme, je me sentais redevenir banale, et le quotidien et son ennui avaient repris le dessus.

Mais le pire, finalement, c'était l'impatience de ma mère.

– Imagine que leur expérience dure jusqu'à ce que l'écart se creuse avec ta classe d'âge, qu'enfin tu aies l'air vraiment plus jeune que tes camarades. C'est seulement à ce moment-là que les effets du traitement seront visibles et qu'ils décideront de le rendre accessible à tout le monde. Ça peut durer dix ans! Ou même plus. Tu te rends compte, j'aurai soixante ans avant de pouvoir arrêter de vieillir... Je serai déjà vieille! Tu te rends compte?

Je ne savais pas quoi lui répondre. Moi aussi j'étais triste pour elle. Au fond, je faisais ça aussi pour Maman. Je voulais lui faire plaisir... Mais ça ne fonctionnait pas. Elle m'en voulait même un peu. Par moments, je ressentais un profond découragement. Avec le recul, je me dis que c'étaient de véritables épisodes dépressifs. Je me gardais bien d'en parler au professeur Jones. Aller le voir le mercredi commençait d'ailleurs à me lasser. Ça aussi, ça risquait de durer des années. C'était barbant. Heureusement que je pouvais à chaque fois rendre visite à Rosalie, toujours aussi mignonne. Sortir avec tous ces garçons m'aidait en fait à me maintenir à la surface de moi-même... J'avais goûté à cette sorte de pouvoir et, pour le garder, je m'habillais de plus en plus sexy.

Aux infos, il était question d'une communauté qui revendiquait je ne savais pas quoi et menaçait d'attaques terroristes si elle ne l'obtenait pas. Je crois qu'il s'agissait d'indépendance politique ou quelque chose dans le genre. Le monde ne m'intéressait guère. Il était beaucoup trop complexe. Je savais d'avance que je n'y comprendrais rien, et puis de toute façon on nous cachait l'essentiel, c'était ce que disait Maman. Je pensai à ce moment-là pourtant qu'avec le temps qui filait désormais moins vite pour moi je pourrais essayer de mieux cerner le monde qui m'entourait et, pourquoi pas, de m'y impliquer. Mais c'est une idée qui ne dura que quelques secondes, car mon téléphone portable se mit à vibrer. Zoé me donnait rendez-vous devant la station de métro dans la demi-heure qui suivait, pour aller à l'expo. Je bondis dans ma chambre pour me préparer.

– T'es trop belle! dit Zoé en m'accueillant, accompagnée de Tom.

Je souris. Je n'étais jamais allée à un vernissage mais j'imaginais qu'il fallait y être plutôt classe. Alors j'avais mis une petite robe noire de ma mère, qui d'ailleurs me vieillissait pas mal. J'avais l'air d'avoir presque vingt ans. Pour contraster, j'avais quand même enfilé des collants fins rigolos piquetés de points rouges, en accord avec mon foulard et ma veste longue, ainsi que des chaussures plates. Nous étions début mai, et l'air s'était beaucoup radouci. Zoé n'était pas en reste, comme d'habitude. Elle avait opté pour une tenue carrément multicolore, un vrai patchwork à elle toute seule, de la jupe rouge au pull rose et violet en passant par des mitaines en dentelle jaune. Ce que j'aimais le plus, c'était sa casquette de Gavroche. Écrue, pour faire sobre. Tom, lui, était semblable au Tom de tous les jours. Rien de notable. Mais ça se voyait qu'il était fou amoureux de Zoé, à sa façon de la manger du regard. Le pauvre: elle ne cessait de me parler de Mike, dont elle était raide dingue. On descendit dans la station de métro, où Tom nous donna plus d'informations sur son frère. Il s'appelait Félix, il n'avait que vingt et un ans, et déjà sa carrière s'envolait. Promis à un bel avenir, il venait d'être sollicité par des magazines. Il avait abandonné ses études, convaincu de tout savoir dans son domaine.

La vie de certains allait drôlement plus vite que celle des autres, pensai-je. Ceux-là auront-ils besoin du traitement pour avoir le temps de faire tout ce qui leur plaît? Et pour la première fois, je m'interrogeai sur la nécessité pour moi de poursuivre le lycée...

Mais nous parvînmes rapidement à destination.

L'expo avait lieu dans un hangar désaffecté, réhabilité pour ce genre d'événements. Deux immenses panneaux au-dessus des grandes portes métalliques représentaient des portraits flous de jeunes femmes, en noir et blanc. Nous arrivâmes en même temps que plusieurs couples hyper bien habillés. Nous ouvrîmes les portes, et la chaleur du lieu nous happa. Beaucoup de personnes se trouvaient déjà là. J'ouvris ma veste en grand. Autrefois (un mois auparavant), c'était le genre d'endroit et d'événement que j'avais en horreur. Là où tout le monde se montre et même se pavane. Là où chacun dévisage chacun. Avant, je détestais qu'on me détaille. Mais désormais cela ne me déplaisait pas. Notre entrée, à Zoé et moi, ne passa effectivement pas inaperçue. Je crus même entendre le déclic d'un appareil photo. Je notai quelques regards vers moi qui n'étaient pas seulement dus à la couleur trop voyante de mes collants. Je me sentais belle.

Tom alla directement vers un groupe de personnes qui discutaient en s'esclaffant brièvement, un peu à la façon du professeur Jones. Certains tenaient une coupe de champagne. Sans doute s'y trouvait-il son frère, mais Zoé m'entraîna vers les murs couverts de photographies.

– Profitons-en pour nous cultiver un peu, tout de même, me lança-t-elle.

C'était assez facile d'approcher les photos malgré la foule, parce que les gens étaient plus occupés à discuter, par grappes inégales, qu'à les regarder. Au début, je ne voyais pas beaucoup de différences avec les photos de mode qu'on trouve dans les magazines. Félix ne photographiait que des corps et des visages, hommes ou femmes, souvent nus et souvent en noir et blanc. Si c'était en couleurs, elles étaient saturées, pour créer un doute récurrent dans ses prises de vues : soir ou matin ? Hanches ou cuisses ? Endormi ou éveillé ? Ouvert ou fermé ?

Nous nous déplacions le long des murs, découvrant chaque photo l'une après l'autre, et j'étais de plus en plus captivée. Je n'y connaissais pas grand-chose, mais j'aimais l'usage qu'il faisait du flou et les regards qu'il captait, comme surpris ou chavirés. Quelque chose en moi était touché. Quelque chose que je reconnaissais.

– Alors, vous aimez ?

Tom nous avait rejointes, deux verres en main qu'il nous tendit.

– C'est un cocktail vraiment top. Je vous le conseille. Mais sans doute traître, méfiez-vous.

Je saisis le verre et trempai mes lèvres. Effectivement, c'était bon, sucré, suave. Au bout de trois gorgées à peine, la tête me tournait délicieusement.

– Alors, où est-il, ce fameux frangin ? finit par demander Zoé, aussi éméchée que moi.

– Oh, eh bien... Tenez, le voilà. Félix !

Le « frangin » se détacha d'un groupe pour approcher. Il nous lança un sourire qui fit faire un drôle de bond à mon cœur. Bon sang, il était trop canon ! Oui, ils avaient un air commun, avec Tom, et je réalisai que ce dernier serait sans doute assez beau dans quelque temps, quand il n'aurait plus des boutons partout et que les traits de son visage se seraient affirmés. Il faut dire qu'à seize ans les garçons ne sont pas vraiment «finis», contrairement à beaucoup de filles. Félix avait en plus des yeux bruns très doux et un sourire éclatant. Il me sembla que ces yeux-là s'étaient d'emblée accrochés aux miens. Mais je devais me tromper, pensai-je.

Il nous fit la bise (il sentait bon l'adulte, tabac-alcool-eau de toilette coûteuse). Eut-il du mal à détacher son regard de moi avant de le reporter sur son petit frère? Je ne sais plus. Je crois. Il lui dit:

– Hé, tu sais choisir tes copines!

Tom opina en ne quittant pas Zoé du regard.

– Alors, continua Félix, désignant imprudemment les murs d'un large geste de sa main qui tenait une coupe, vous avez un peu regardé?

– Oui! répondit Zoé.

– J'adore, m'entendis-je dire.

Ce regard planté dans le mien!

– Oui, je veux dire, je... C'est que... j'aime bien le flou, dans les photos.

– Tu es toi-même un peu floue, je trouve... Théa, c'est ça?

– Oui...

– J'adorerais te prendre en photo.

Hop, à nouveau mon cœur bondit dans ma poitrine. Mais je ne le pris pas au sérieux et je ris. De plus je ne comprenais pas bien ce qu'il voulait dire. Moi, floue? Comment pouvait-on l'être? Dans le miroir le matin même, mes traits existaient nettement. Et mon apparence ne s'était-elle pas figée au contraire, sous l'effet du traitement?

– Allons, venez manger un peu.

Nous suivîmes Félix et passâmes du temps ensemble tous les quatre. Bien entendu, il était constamment dérangé par des gens qui désiraient le féliciter, même s'ils avaient à peine jeté un œil sur l'expo. À un moment, il dut même répondre aux questions d'une journaliste. Pendant ce temps, Zoé, Tom et moi nous moquions copieusement de tout ce petit monde hypocrite. Tom avait eu raison, c'était très amusant. Je ne regrettais pas d'être venue. Oh que non! pensais-je à chaque fois que le regard de Félix se posait sur moi.

– Tu as le même âge que Tom? me demanda-t-il à un moment, dubitatif.

J'avais déjà bu quelques verres, je me savais déjà bien ivre, aussi m'autorisai-je à répondre:

– Je suis sans âge.

Félix fronça les sourcils.

– Tu es vraiment étrange!...

– Qu'est-ce que tu veux dire?

– C'est difficile à expliquer. Mais tu le sais, non? Tu n'as pas remarqué que tout le monde te regardait? Ce n'est pas seulement parce que tu es jolie. Les belles jeunes femmes ne manquent pas, ici, ce n'est pas ça.

Je rougis sous le compliment, mais j'étais encore plus intriguée que flattée. Presque inquiète. Je cherchai du regard un endroit où voir mon reflet, mais je n'en trouvai pas. Il aurait fallu que je me rende aux toilettes pour ça, mais je n'avais aucune envie de planter là Félix. Je désirais juste qu'il me répète que j'étais jolie.

– Écoute, poursuivit-il, je te promets que ce n'est pas une technique de drague mais...

– Dommage... murmurai-je.

– Quoi?

– Rien.

– Théa, si tu as seize ans, tu es trop jeune pour que je te drague. Par contre, j'ai très envie de te prendre en photo. Vraiment très envie. J'ai envie de capter ce que tu dégages. C'est très particulier. C'est peut-être justement dû à ton âge. Peut-être qu'il faut faire vite ces photos. Peut-être que cela va disparaître dès que tu vas vieillir un peu.

– Aucun risque.

Il resta interdit un moment, avant d'éclater de rire.

– Oui, tu es vraiment spéciale! Tu es d'accord pour les photos?

Bien sûr, j'étais d'accord, même si j'étais très inquiète à cause de toutes ces histoires de «trop jeune», etc. Je savais que j'avais l'air d'avoir plus que seize ans et mon âge ne signifiait plus grand-chose désormais, alors quoi? J'espérais bien, au cours des séances de photos, le faire changer d'avis...

Avant de quitter le hangar, je cherchai tout de même à apercevoir mon reflet dans l'un des verres protégeant les photos. Sans doute parce que j'avais trop bu, je crus y discerner le reflet de Petite Théa.

Toujours en compagnie de Tom et Zoé, je descendis quelques instants plus tard dans une bouche de métro pour emprunter le chemin inverse. Nous étions tous les trois un peu éméchés et nous riions et parlions fort. Il n'était pas très tard, pourtant les quais étaient déjà presque déserts. J'eus un frisson d'inquiétude à ce moment-là, mais il n'était pas encore justifié.

CHAPITRE 12

Quelques jours plus tard, un samedi, je sortais de chez moi. Il commençait à faire vraiment chaud et pas mal de gens se promenaient dehors en cette fin de matinée, à l'heure où la température était la plus clémente. Valentin, le petit frère de Théo, jouait dans la rue à la marelle.

– Salut, Théa, me lança-t-il.

– Salut, Valy!

Il me salua de la main avec un sourire avant de détourner rapidement son attention de moi. Il lança son galet vers la case trois. Ce geste puis son saut à cloche-pied me serrèrent bizarrement le cœur. Depuis combien de temps n'avais-je pas joué à la marelle? Où s'était englouti ce pouvoir de quitter la case Terre et de progresser vers la case Ciel grâce à quelques jets de pierre? Ce serrement de cœur fut bref et je ne le compris pas vraiment sur le moment, mais je ferais par la suite plusieurs cauchemars où le galet restait suspendu dans les airs sans jamais retomber. D'autres nuits, le galet pesait mille tonnes et je ne parvenais pas à le bouger d'un millimètre. Dans tous ces rêves, j'étais condamnée à rester sur la case Terre. Je trépignais d'envie de sautiller comme les autres vers le Ciel, mais cela m'était toujours interdit...

J'observai Valentin quelques instants, avant de repartir d'un pas allègre et décidé. J'avais rendez-vous avec Félix et j'en étais si transportée de joie que je ne jetai pas même un regard vers la fenêtre de Théo, contrairement à mon habitude. En réalité, Théo était tout proche, sur le point de pousser le portail de son jardin. Mais je ne le vis pas et il ne m'appela pas, conscient que j'étais ailleurs, très loin de lui.

Félix habitait en plein cœur de la ville, comme toutes les personnes qui avaient de l'argent. Il avait choisi son appartement dans le même quartier que son studio de photographe, par commodité. Bien entendu, c'était au studio que j'avais rendez-vous et non chez lui, mais je n'en nourrissais pas moins un espoir immense lorsque j'arrivai devant ce qui ressemblait à une devanture de magasin, avec un rideau métallique baissé à moitié devant une vitrine remplie de photos faites par Félix. La porte aux vitres opaques coulissa à mon approche. Je vis Félix tout de suite, debout dans la pièce du fond, penché au-dessus d'un appareil sur pied. À côté de lui se trouvait un bureau muni d'un ordinateur servant sans doute pour les retouches. Je m'approchai, le cœur battant. Félix se retourna en entendant mes pas, et son sourire formidable s'afficha sur son visage. Mais il tourna la tête et étendit son bras dans une autre direction. Je fus écrasée de déception lorsque je vis que ce geste s'adressait à une grande et belle jeune femme blonde.

– Je te présente Crissia, mon assistante, me dit Félix avant même de me saluer.

Je dus faire contre mauvaise fortune bon cœur et j'adressai à la fille un sourire poli.

– Tu vas voir, elle est discrète et sait se faire oublier pendant une séance de *shooting*. Tu seras vite à l'aise, j'en suis certain. On commence?

Je regardai autour de moi. Je devais ne voir que le bon côté des choses. Être là était déjà en soi exceptionnel. Il s'agissait d'un studio de photographe professionnel tel que j'en voyais tout le temps dans les émissions sur les top-modèles. Et cette fois, le modèle, c'était moi! Je pris le parti de profiter de cette chance unique. Quand j'allais raconter ça au lycée! Une bouffée de fierté me fit rougir.

– Qu'est-ce que je dois faire?

– Juste t'asseoir là en face de l'appareil. Tu es très bien dans cette petite robe blanche faussement sage. C'est parfait. Ce n'est même pas la peine que tu te changes. Simplement, si tu pouvais dénouer tes cheveux?

– Oui...

Je fis tout ce qu'il me demanda. Crissia, de temps à autre, plaçait une mèche de mes cheveux ou un pli de ma robe comme ceci ou comme cela, suivant ce qu'il désirait.

– Vous ne me maquillez pas? demandai-je.

– Surtout pas, répondit Félix. On risquerait de ne plus te voir vraiment.

Il jeta un œil sur le petit écran tourné vers lui, où défilaient les photos déjà prises.

– C'est tout à fait étonnant...

– Mais quoi?

– Tu verras plus tard...

La séance durait depuis plus d'une heure et je commençais à en avoir marre. Il m'avait finalement demandé de changer de vêtements plusieurs fois. Il disait rechercher *ma véritable essence*. J'imaginais qu'il aurait voulu me prendre en photo carrément sans vêtements, pour la déceler vraiment, cette essence. Mais il n'osait sans doute pas. Et à vrai dire, moi non plus. C'était autre chose que j'aurais voulu. D'abord, surtout lui parler, le connaître mieux. Mais il y avait cette fille toujours là, qui empêchait tout échange un peu plus intime. Enfin, vers treize heures, Crissia annonça:

– Je vous laisse, je vais manger, j'ai rendez-vous avec une copine.

– OK, Criss, à tout à l'heure.

On entendit la porte glisser, et Félix fit encore quelques prises dans le silence. Puis il stoppa, se redressa et planta ses yeux dans les miens. Plus d'objectif entre nous. Je frémis imperceptiblement. Une tonne de clichés qui n'avaient rien à voir avec la photographie déboulèrent dans mon esprit: les bouquins et séries télévisées regorgeaient d'idylles entre jeunes modèles et jeunes photographes. Pourquoi pas nous?

– Je crois que les photos seront très bonnes, déclara-t-il. Tu mérites une pause. Il y a un snack pas loin. Allez, je t'invite!

J'aurais préféré qu'on reste dans l'intimité toute neuve du studio depuis le départ de Crissia, mais j'étais tout de même contente qu'il m'invite.

Le temps était splendide. Une fois installés à la terrasse du snack, un peu plus haut dans la rue, chacun un hamburger dans la main et du Coca sur la table, il recommença le coup du regard qui tue. Avec plein de monde autour de nous, c'était encore plus troublant.

– Parle-moi de toi, demanda-t-il.

– Moi? Mais y a rien à dire! Je suis une lycéenne comme les autres. Parents divorcés. Je vois pas très souvent mon père. Et pas d'amoureux... Vraiment le calme plat dans ma vie, comme tu vois.

– Je n'arrive pas à te croire.

– Crois-moi, pourtant. Et toi? Raconte-moi qui tu es.

– Oh, moi... Mêmes parents que Tom!

On rit tous les deux.

– Ils sont encore ensemble, c'est rare, n'est-ce pas? Ils font figure de dinosaures parmi leurs amis. C'est le seul couple qui a duré. C'est beau, non?

– Oui. Je suis d'accord...

– Et puis pour moi les choses vont plutôt bien en ce moment, comme tu as pu le constater au vernissage. Des magazines me passent des commandes. D'ailleurs, j'aimerais bien proposer les photos de toi pour un sujet. Est-ce que tu serais d'accord? Bien entendu, si les photos sont acceptées, je te paierai comme un modèle. Il faudra alors demander l'autorisation à tes parents.

J'en restai bouche bée. Le rêve! Je m'empressai d'accepter. Félix baissa les paupières en signe de satisfaction. Et quand il les releva, je le trouvai plus beau que jamais.

– C'est vraiment chouette de pouvoir faire ce qu'on aime. Je suis passionné de photographie depuis que je suis gosse. Tom, lui, est dans l'écriture. J'ai une tonne de photos de lui penché sur ses carnets. Je suis sûr qu'il va devenir journaliste ou écrivain ou critique, un truc comme ça. Et toi, qu'est-ce que tu aimerais faire?

– Je ne sais pas... Je sais vraiment pas! Pourtant au lycée ils disent qu'il faut choisir. C'est difficile. J'aimerais avoir une passion, comme toi ou Tom. Mais je n'en ai pas.

– Il te faut juste la trouver, voilà tout.

– C'est ce que je me dis de plus en plus. Et pour ça il faut davantage de temps que ce que nous accordent les profs, l'institution, tout ça. Je crois que je vais quitter le lycée, au moins pendant un an.

Je venais d'exprimer une idée qui me trottait dans la tête depuis un moment, mais je fus quand même surprise de me l'entendre dire. C'était comme si elle prenait soudain réellement forme. Je fus heureuse de cette décision subite, prise devant témoin. Je ne pourrais ainsi plus me défiler.

– Quitter le lycée? Tu sais, moi j'ai seulement abrégé mes études, je suis tout de même allé jusqu'au bac. Fais gaffe, quand même.

– J'ai le temps, répondis-je avec un air mystérieux.

– Non, tu ne l'as pas tellement. C'est quand on est jeunes qu'il faut apprendre le plus de trucs possible et puis obtenir des diplômes, aussi. Après, c'est beaucoup plus difficile. Le temps passe pour toi comme pour tout le monde.

– Eh bien non, justement.

Il plissa les yeux.

– Ce n'est pas la première fois que tu balances ce genre de phrases bizarres. Explique-toi.

Il me vit hésiter. Je me tus. Il m'interrogeait du regard. Puis il rapprocha sa chaise de la mienne, tout près. Il entoura mes épaules de son bras. Son odeur. Le contact de sa main sur mon épaule. La chaleur de son bras. Mon cœur battait à tout rompre. J'osai tourner mon visage vers lui, et il ne perdit pas une seconde : il m'embrassa.

Bon sang, c'était le plus formidable baiser que j'avais jamais connu. Même si ma carrière en termes de baisers était courte, je savais déjà que celui-là resterait dans mes souvenirs comme le plus magnifique. J'espérais que plein de personnes nous regardaient. J'étais super fière. Après tout, il avait vingt et un ans ! Et c'était un photographe à la mode ! Trop la classe.

Tout mon corps se transforma en guimauve. Et mon esprit, pas mieux.

– Raconte-moi, Théa. Dis-moi ce qui fait que tu parais si différente.

Je n'hésitai pas beaucoup. Je brûlais de me confier à lui. Et je lui racontai tout. Le traitement, le professeur Jones... Tout. Je savais que je n'avais pas le droit et que le programme SENS était secret. Mais je l'avais dit à Zoé et il ne s'était rien passé de grave. Je pouvais faire confiance aux personnes qui m'étaient proches, pensai-je. Et nul ne me paraissait plus proche que Félix à cet instant. En plus, cela me rendait encore plus intéressante à ses yeux, je le voyais. C'était incroyable d'être écoutée par lui. Il buvait mes paroles, totalement hypnotisé par mon histoire. Il écarquilla les yeux.

– C'est dingue, réagit-il, tout comme Zoé l'avait fait.

Nous retournâmes au studio de photographie. Crissia n'était pas revenue de sa pause, alors j'en profitai pour me pendre à son cou et connaître un autre merveilleux moment de fusion. Il se dégagea quelques secondes.

– Attends, c'est juste une formalité mais il ne faut pas que j'oublie et t'es plutôt du genre à me faire oublier des trucs, tellement tu me tournes la tête!

Il rit et alla ouvrir un tiroir dans le bureau de la petite pièce. Il en sortit une liasse qu'il me tendit.

– Il faut que tu signes ces papiers pour me donner l'autorisation de proposer tes photos à la presse. Ensuite, tu fais signer tes parents et tu me les ramènes, d'accord?

Je signai et me rapprochai de lui à nouveau, avec un regard que j'imaginais de braise. Mais on entendit la porte coulisser à ce moment-là. Nous nous éloignâmes l'un de l'autre en souriant avec connivence. Nous avions bonne contenance, je crois, lorsque Crissia apparut.

CHAPITRE 13

La fin de l'année scolaire s'étirait. Je continuais à aller en cours surtout pour voir Zoé et les autres copains et copines, mais je commençais à annoncer autour de moi que je prendrais une année sabbatique dès septembre prochain. Je n'en avais pas touché mot à ma mère ni à mon père. Je craignais surtout la réaction de Papa. Je comptais pourtant beaucoup sur lui pour assurer sur le plan financier, parce qu'il n'était pas question que je reste chez moi à ne rien faire. Il faudrait que je voyage, que je voie du monde, que j'accumule des expériences et que je profite du temps que j'avais pour définir ce qui me plaisait vraiment. C'était fabuleux de m'accorder ce temps-là sans me faire de souci.

– Il paraît qu'avant de nombreux lycéens ou étudiants faisaient ça, me dit Zoé.

– Ah bon?

– Oui. Arrêter ses études quelques mois pour voir le monde. C'était possible, avant, quand on n'avait pas toute cette pression de la société pour réussir très très vite et pour être performants tout de suite... Ce devait être génial. Tu en as de la chance de pouvoir te permettre ça!

– Je te le répète, Zoé, bientôt ce sera possible pour tout le monde. Je fais juste les choses un peu avant les autres.

– J'espère que t'as raison. J'en ai marre de stresser à l'idée de redoubler et de pas avoir mon bac à dix-huit ans. Ceux qui l'obtiennent alors qu'ils ont dépassé cet âge-là, ils sont fichus. Aucune entreprise ne leur fait confiance: ils ont osé perdre du temps!

– C'est pour ça que ce traitement est un bienfait pour l'humanité, Zoé. On aura beaucoup moins de stress. Regarde comme je suis zen...

Je fermai les yeux en souriant, tournant mon visage vers le ciel ensoleillé, écartant les bras et réunissant pouces et majeurs. Zoé éclata de rire.

– N'importe quoi, Théa! Moi je sais bien que ce qui te donne aussi bonne mine, c'est...

Elle baissa la voix car j'avais décidé de ne pas ébruiter la chose et je ne voulais surtout pas que Tom l'apprenne.

– C'est un beau photographe, pas vrai? Allez, raconte-moi encore!

Je n'avais pas revu Félix depuis la séance de photos, quinze jours auparavant. Maman avait signé l'autorisation avec enthousiasme, ajoutant que c'était une chance pour moi. Elle me voyait déjà comme top-modèle super connue! Évidemment Papa avait été moins facile à convaincre, comme toujours. Mais Maman avait encore une fois trouvé les arguments. Je la soupçonnais d'avoir usé du même stratagème que pour lui faire accepter mon traitement... Une fois les signatures obtenues, je m'étais précipitée au studio de photographie pour donner la liasse à Félix. Mais je n'avais trouvé personne et j'avais glissé l'enveloppe contenant les papiers dans la boîte aux lettres. Félix était très occupé, je comprenais ça. Même au téléphone, c'était difficile de lui parler. Il avait de nombreux rendez-vous avec des conseillers artistiques, des journalistes, des galeristes, etc. Je me disais qu'il fallait que je l'accepte comme il était, et de toute façon j'aimais vraiment beaucoup ce qu'il était. Alors avec Zoé je n'en finissais pas de décliner nos deux seuls baisers échangés le jour du *shooting*. Je lui décrivais l'odeur, le goût et ce formidable sentiment d'être désirée par un homme, un vrai, pas un des boutonneux que nous côtoyions au lycée.

– Quelle chance tu as!... n'en finissait-elle pas de répéter.

Je continuais aussi à voir le professeur Jones tous les mercredis, mais c'était de plus en plus ennuyeux. Il ne se passait rien de notable dans ma vie, mis à part mes aventures sentimentales qui ne le regardaient pas du tout. Il y avait bien quelques rêves étranges aussi, mais je les lui cachais. C'est pourquoi je n'avais strictement rien à lui dire, sinon que le traitement ne me procurait absolument aucun effet indésirable.

– Tout comme Rosalie, me répondit-il ce jour-là.

– Et pour les autres? Les autres cobayes, comment vont-ils?

– Je n'aime pas trop que tu te voies comme un cobaye, Théa. Tu es plus que ça. Mais pour répondre à ta question, les trente sujets se portent à merveille, ainsi que leurs souris respectives.

– Puisque tout va bien, autant côté animaux qu'humains, pourquoi ne décrétez-vous pas enfin que l'expérience est terminée et qu'elle est concluante?

– Parce qu'elle ne l'est pas encore. C'est vrai que pour le moment tout est positif, et on en est tous très contents. Mais ça ne fait que deux mois, Théa. Il nous faut une visibilité plus grande pour en déterminer les impacts psychologiques. On ne doit pas se tromper. Tu sais, on est surveillés de près par la cellule éthique de l'État, ainsi que par l'Église. Si on tente de mettre le traitement trop tôt sur le marché, ils ne vont pas nous louper, et ce serait une catastrophe. Sois patiente, Théa.

Mais la patience ne fut jamais mon fort. Et pour débrider ma frustration, je décidai de m'attaquer à un autre front: Félix. L'après-midi même, je résolus d'aller le voir à l'improviste. Il serait sans doute heureux de la surprise, me dis-je. En réalité, je passai d'abord au studio de photographie, mais il était fermé, store métallique baissé. Alors j'osai poursuivre mes pas jusqu'à l'adresse que je savais être la sienne. Je sonnai au-dessus de la petite plaque avec son nom, et sa voix passa par l'interphone.

– *Oui?*

– C'est Théa...

– *Théa?... Ah oui... Qu'est-ce que tu veux?*

– Eh bien, te voir... Ça fait plusieurs jours, alors...

– Oui... Enfin tu sais que je suis très occupé.

– Oui, je sais. Mais là tu es chez toi, alors... On peut se voir deux minutes?

– Mais oui... Oui, Théa, allez, monte.

Le panneau d'entrée coulissa et je pénétrai dans l'immeuble.

Quelques secondes plus tard, je me trouvai allongée sur le canapé de Félix. Nos bras et nos jambes se mêlaient, mais surtout nos langues! J'étais au nirvana. J'avais été éblouie par l'appartement dès que j'y étais entrée. Il était d'une sobriété très élégante, avec une déco très moderne, à laquelle se mêlaient des objets anciens, tels ce vieux téléphone énorme posé sur le rebord de la cheminée ou cette horloge à balancier. Ça donnait un charme fou à l'ensemble! Aux murs étaient suspendues des photographies sous verre mais aussi des reproductions de peintures d'artistes du siècle dernier et même d'avant. Je vis les noms de Picasso ou encore Miró en signature. Félix m'avait accueillie en me disant:

– C'est une sacrée coïncidence que tu viennes maintenant: j'ai reçu les épreuves du reportage avec tes photos. J'en suis très content! Ça paraîtra la semaine prochaine. Est-ce que ce n'est pas une bonne surprise? Tu verras comme les photos sont belles. Comme tu es belle...

J'étais aux anges, surtout quand il se tut pour s'approcher et passer une main dans mes cheveux. Nous basculâmes très rapidement en position horizontale.

À seize ans, on a déjà connu ce genre d'expériences, bien sûr, mais pour moi cependant elles étaient assez récentes, et surtout jusqu'à présent j'avais su faire comprendre au garçon que je ne désirais pas qu'il aille plus loin. Mais là, je désirais plus que tout au monde qu'il aille plus loin! J'avais quand même super peur, parce que ça allait être ma première fois et aussi parce qu'il était plus âgé que moi. Félix savait certainement que faire l'amour avec une mineure n'était pas autorisé et certainement n'avait-il jamais eu l'intention d'aller plus loin. Mais moi je l'ignorais et je croyais vraiment qu'on allait le faire! Et même si le temps n'avait plus de prise sur moi, cette première fois serait unique. Cela, je ne le revivrais plus jamais, dussé-je vivre deux cents ans. Dussé-je être immortelle. Une panique soudaine s'empara de moi. Et alors, je la vis. Elle était debout derrière le dossier du canapé et me regardait tranquillement.

Petite Théa.

– *Tu ne le revivras plus jamais*, me dit-elle de sa voix claire et enfantine.

– Mais qu'est-ce que tu fais là? Qu'est-ce que?... balbutiai-je.

Félix se releva brusquement.

– À qui tu parles? Qui est là?

Petite Théa avait disparu.

– À... heu... personne... Enfin excuse-moi, j'ai cru voir...

Nous restâmes quelques instants tous les deux stupides et interdits. Puis il se laissa tomber sur le canapé, assis, la tête dans les mains.

– Pfou... Écoute, Théa... Tu es quand même très jeune.

Tout en moi criait: «Seize ans, ce n'est pas si jeune!» Mais je ne dis rien parce que, au fond, j'étais soulagée. Après tout, pour cela aussi j'avais tout mon temps.

Il me regarda, d'un regard qui me fit mal.

– Je crois qu'il vaut mieux qu'on arrête là. Enfin c'est trop bizarre, tu comprends, t'es dans la même classe que mon petit frère !

– Mais on s'en fiche de ça ! De toute façon j'arrête le lycée.

– Je t'ai dit ce que j'en pensais. Même si... même si tu ne vieillis plus... Ah, ça aussi c'est trop bizarre.

– Comment ça, mais non ! Non, ce n'est pas bizarre ! Bientôt plus personne ne vieillira, tu verras !

Il fronça les sourcils, et son regard se fit encore plus sombre.

– Théa, je ne sais pas mais... c'est pas bien, ce qu'ils t'ont fait. Ils n'auraient pas dû te faire subir ce traitement avant que tu aies pu connaître le monde. Avant que tu aies pu voir que tout le monde ne raisonne pas comme ta mère.

– Oui, y a mon père et c'est tout.

– Et si ton père avait raison ? Et si nous étions plus nombreux que tu ne le crois à penser comme ton père ?

J'en fus estomaquée. Je mis plusieurs secondes, peut-être une minute entière, avant d'oser lui demander :

– Tu veux dire que... que toi tu choisirais de ne pas prendre le traitement ?

– Bien sûr, Théa ! Bien sûr que je refuserais de prendre cette saloperie ! Qu'est-ce que tu crois ? Qu'est-ce qui donne de la beauté aux choses ? C'est le fait qu'elles changent et qu'elles meurent, Théa, c'est parce qu'elles meurent qu'elles sont belles ! Pourquoi tu crois que je fais de la photo ? Pour saisir des instants qui ne reviendront jamais, et c'est ce que j'aime. Fixer ces choses-là, furtives, mais les fixer sur une image, pas en vrai. Sinon, quel intérêt ?

– Alors...

Les larmes me montèrent aux yeux.

– Alors pourquoi as-tu voulu me prendre en photo, moi qui ne vais jamais changer?

– Je ne le savais pas, pour commencer. Ensuite il y a quand même cette chose chez toi qui est éphémère, j'en suis sûr, et encore plus maintenant que je suis au courant pour cette expérience. Ce qui est éphémère, je vais te le dire...

Il se pencha vers moi.

– C'est ton innocence.

Je quittai l'immeuble de Félix en pleurs, bouleversée. Plus que la rupture avec Félix, c'était la découverte d'un nouvel horizon inconnu de moi qui m'atterrait. J'étais si persuadée que les désirs de tous les humains se recoupaient... Si persuadée que chacun désirait repousser la mort le plus loin possible, ainsi que la décrépitude... Félix venait de me faire comprendre brutalement que mon père n'était peut-être pas un cas marginal. Si ça se trouvait, de nombreux êtres humains décideraient de *refuser de ne pas vieillir*. Et surtout ils mépriseraient ceux qui feraient ce choix. Ça changeait la donne. Ça changeait même tout.

Pour la toute première fois, je compris que j'avais peut-être accepté de devenir un monstre. Mais tout en moi refusait encore cette idée. «Non, me dis-je, Félix fait juste partie de cette caste d'artistes, comme mon père, des utopistes qui refusent de voir le vrai monde en face. Ils ne sont qu'une minorité. Je n'ai aucun souci à me faire.» Il n'empêche qu'une faille venait de s'ouvrir en moi, un doute lancinant qui m'angoissait profondément et me faisait mal.

Je m'engouffrai dans une bouche de métro le visage baigné de larmes, je n'y voyais pas à un mètre, et mon cœur chavirait. C'était l'heure de pointe et le quai était bondé. Je l'entendais au brouhaha et le sentais à la chaleur qui se dégageait des travailleurs qui ne désiraient qu'une chose, rentrer chez eux. Je percevais tout cela du haut des marches où j'étais encore. Je descendais doucement, pour ne pas tomber et parce que je tanguais. Ce fut alors que tout mon corps fut secoué par une vibration énorme. L'air acquit rapidement une densité différente, plus lourde. Un son formidable et mat me rendit sourde. Je me sentis voler, soulevée en l'air. Des éléments indéfinissables s'écrasèrent sur moi. Une douleur irradia quelque part, mais je n'eus pas le temps de l'analyser : je perdis connaissance.

CHAPITRE 14

Ils en parleraient longtemps aux informations. L'événement serait commenté, passé au crible, et on ferait tout pour que cela ne se reproduise pas. Renforcement de la sécurité. Fouille des sacs à l'entrée de tout lieu public. Scannages systématiques... Et effectivement, cela ne se reproduisit pas.

L'attentat avait été revendiqué par les Aigles Noirs De La Liberté, un groupuscule politique émanant d'un petit pays occupé. Je connaissais à peine l'existence de ce pays, son nom ne me disait pas grand-chose, je n'avais strictement aucun avis sur leur indépendance, mais je m'étais simplement trouvée au mauvais endroit au mauvais moment. C'est toute l'absurdité des attentats. Les terroristes frappent certes dans un lieu choisi mais à l'aveugle, hommes, femmes ou enfants, de toute couleur ou nationalité, croyants ou athées, en train de vieillir ou pas.

Mauvais point sur la ligne du temps infinie.

– *Tu vois*, me dit Petite Théa, *toi aussi tu peux mourir. Et n'importe quand. Tout de suite, par exemple...*

– Elle nous échappe ! Vite, récupérez-la ! Encore ! Encore !

Trou noir.

– Encore !

Lumière.

– *... Ou bien plus tard... Combien de temps il nous reste ? On ne sait pas.*

– *Petite Théa, qu'est-ce que tu fais là ?*

– Théa ! Théa !

– Elle ouvre les yeux.

– Dieu merci...

– Tu n'as jamais été croyant.

– C'est pas le moment, Rachel.

– Papa ? Maman ?

Mais je sombrai à nouveau.

Je dormis plusieurs jours.

– *OK, tu vas vivre*, dit Petite Théa. *On va vivre, on dirait, ma Grande Théa. Mais comment ? Et si jamais l'un de tes bras avait été arraché ? Ou une jambe ? Est-ce que tu n'es pas défigurée ? Qu'est-ce que les télomères pourraient bien faire contre ça? Tu restes humaine. Peut-être immortelle, mais dans quel état?*

Trou noir.

– Est-ce qu'on lui montrera le magazine à son réveil?

– Pas tout de suite, Rachel, par pitié. Épargne-la un peu.

– De toute façon, elle aura très rapidement à répondre aux questions du professeur Jones. Elle devra lui expliquer pourquoi elle a trahi le secret de l'expérience.

– Elle n'est même pas majeure, qu'on lui foute la paix. Si ce professeur Machin-Chose lui fait la moitié d'un reproche, je lui casse la gueule.

Lumière.

– Ça y est. Elle se réveille à nouveau.

– Oui, ça y est.

Les murs blancs. L'odeur des draps. Leur texture. Difficile de bouger les bras et les jambes...

– Je suis paralysée?

– Non, ma chérie, rassure-toi! Juste un peu engourdie, sans doute. Tu as eu une chance extraordinaire. Juste quelques blessures mineures. Ton corps n'est pas du tout abîmé.

– Juste une grosse commotion cérébrale qui a failli te tuer et t'a laissée dans le coma plusieurs jours. Non, rien de grave, railla mon père.

Alors que j'émergeais à peine de ce combat contre la mort, mes parents trouvaient le moyen de se bouffer le nez. Si j'en avais eu l'énergie, j'aurais soufflé d'exaspération. Mais je me sentais très faible.

– Que s'est-il passé?

Mes parents me racontèrent l'attentat.

– Tu as été projetée par le souffle de l'explosion. Une explosion terrible. Heureusement, tu n'étais pas encore arrivée sur le quai. Là, il n'y a quasiment pas eu de survivants...

L'effroi me coupa le souffle. Je me souvins des derniers instants avant que je m'évanouisse. Je compris que ce que j'avais senti s'écraser sur moi, ce devaient être des morceaux humains. Peut-être même de la cervelle. Du sang en tout cas. Je fermai les yeux.

– C'est pas possible...

– Le destin a voulu que tu survives, Théa.

– Le destin...

Je ne sais plus si je me rendormis. En tout cas j'entendis, je ne sais combien de temps plus tard:

– Voilà, les examens montrent que tout va bien. On peut rentrer à la maison.

CHAPITRE

15

Il me fallut plusieurs jours pour me remettre. Tout le monde se trompait sur les raisons de mon mutisme. Le traumatisme provenait moins du choc physique que du choc psychologique lié à ce que j'avais vécu juste avant et à ce que j'avais réalisé durant mes rêves avec Petite Théa. Le destin avait décidé de s'amuser avec moi, avec beaucoup d'ironie. Il se régalait. Il avait posé sur mon chemin deux événements très proches pour me faire comprendre que je m'étais trompée. Stopper mon vieillissement ne me rendait ni irrésistible aux yeux de tout le monde ni invulnérable.

Oh, quelles belles leçons !

Néanmoins, je continuais à penser qu'avoir plus de temps était un atout formidable pour se créer une belle vie. J'étais donc encore loin d'envisager d'arrêter le traitement. Il était sans doute normal que je perde quelques illusions en route, me disais-je. Tout ne pouvait pas être aussi idéal que ce que j'imaginais au départ. Mais ça restait une chance unique. Aussi, malgré ma faiblesse, je n'oubliai pas une seule fois de prendre mes pilules, le soir. J'appris en outre par Maman qu'elle avait fait en sorte de me les administrer même durant ma période de coma. Elle avait appelé le professeur Jones qui avait chargé une infirmière de me faire des piqûres d'une version liquide du traitement.

Papa était revenu sur le continent dès qu'il avait appris mon accident. Il louait une chambre en ville, mais il restait toute la journée à la maison, très attentif à moi. J'aimais bien ça, me faire chouchouter par mes deux parents, ça me rappelait quand j'étais petite et que tout allait bien entre eux. Ce sentiment de bien-être ne m'incitait pas à me remettre sur pied. Je savourais. De ma chambre, je les entendais tous deux discuter calmement dans le salon. Ça faisait une éternité qu'ils n'avaient pas échangé sans hausser le ton.

Tous les copains et copines vinrent me rendre visite. Même Théo. Je sentais qu'auparavant ils avaient eu droit aux recommandations de mes parents et ils me parlaient doucement, comme à quelqu'un de très malade. Ça me faisait rire. Ce qui me faisait moins rire, c'était la sensation que tous me cachaient quelque chose d'important. Papa et Maman veillaient en outre à ce que je ne me connecte pas sur le Net. Aucune information du monde extérieur ne pouvait filtrer jusqu'à moi. J'aurais dû avoir la puce à l'oreille lorsque Théo me regarda longuement avant de laisser tomber :

– C'est dingue...

Mais je n'eus pas le courage de relever. J'avais sans doute réellement besoin de me reposer.

Je dormis encore beaucoup.

– Théa...

Papa était en bras de chemise. L'été avait pris trois bonnes semaines d'avance, et la chaleur s'était abattue sur toute la ville. Ma fenêtre restait ouverte en permanence et je ne supportais guère qu'une chemise de nuit très fine et un drap sur mon corps.

– Ça fait plusieurs jours... depuis que tu es sortie de l'hôpital, à vrai dire, que le professeur Jones demande à te voir. J'ai refusé jusqu'à présent, jugeant que tu étais trop faible. Mais...

– Je vais mieux, maintenant. Je peux le voir, y a pas de souci.

– À vrai dire, si. Il y a un souci.

– Qu'est-ce que tu veux dire?

Papa eut l'air embarrassé. Puis il sortit de la poche arrière de son pantacourt un magazine qu'il y avait coincé. Il hésita quelques secondes et me le tendit.

– Il vaut mieux que tu apprennes tout avant que tu ne voies monsieur Jones. Avant que tu ne voies qui que ce soit...

Je saisis le journal, subitement très inquiète. Il s'agissait d'un magazine très à la mode, réunissant sujets de société et belles images. Je faisais la couverture. Disons quelqu'un qui était moi, sous le regard de Félix. Je ne me reconnaissais guère car, comme à son habitude, il avait fait une large utilisation du flou. Je portais ma robe blanche et courte, et j'étais en mouvement, donnant l'impression de vouloir partir vers la droite du cadre, mais de façon hésitante, comme si je savais que j'allais en être empêchée. Le titre du sujet était : *Éternellement seize ans !*

Une colère enfla en moi. Je lui avais dit que c'était secret, pourtant ! Et lui, il avait tout dévoilé à la face du monde. Tout ça pour se faire mousser... D'ailleurs, à l'intérieur, le sous-titre de l'article était : *Félix Savage a capté un bref moment d'éternité.* Il n'avait pas oublié de se mettre en avant... Les photographies étaient très belles et, malgré le flou sur certaines, on m'y reconnaissait bien. En d'autres circonstances, j'en aurais été très flattée et très heureuse. Mais le texte qu'elles illustraient mêlait le sensationnel et la fascination. Baptiste Jones devait être furieux... Lui qui désirait prendre son temps afin d'être sûr que l'expérience serait bien accueillie... J'étais jetée en pâture. Tout était expliqué, exactement tout ce que j'avais raconté à Félix. Les télomères, le projet SENS, les raisons qui m'avaient poussée à me rendre volontaire pour l'expérience... Tout. Et sur un ton suffisamment critique pour me faire passer pour une bête de foire. Le pompon, c'était l'encart sur Félix, à la fin du reportage. Il était pris en photographie avec un autre jeune homme, très beau également. La légende de l'image spécifiait : *Le photographe Félix Savage et le top-modèle Mario Tabbio forment un couple de rêve.* Qu'est-ce que j'avais été stupide ! Des larmes de dépit et de rage coulèrent sur mes joues. Papa avait certainement deviné ce qui s'était passé entre Félix et moi. Il s'assit sur mon lit et me serra contre lui, alors que je pleurais comme une enfant.

– Allons, Théa, remets-toi. Ton corps a beau ne plus vieillir, tu n'en apprends pas moins à devenir adulte. Et ça s'accompagne de désillusions, forcément. Mais tu verras, on apprend beaucoup de ses erreurs. Tu seras un peu plus lucide en amour désormais.

– Oh, Papa, je me sens si stupide... Et que va dire Baptiste?

– Qui ça?

– Le professeur Jones...

– Ne t'en fais pas trop pour lui. Il a eu le temps de digérer les choses, et le Centre de recherche est suffisamment puissant pour maîtriser le déchaînement attendu des médias. Ça n'a pas été très facile au début, tu sais. Une horde de journalistes te demandaient, à l'hôpital, puis t'attendaient ici devant le portail du jardin. Il y en a un peu moins aujourd'hui, mais quand même. Il va falloir apprendre à te protéger de ces médias. Le professeur Jones a bien spécifié qu'il fallait que tu ne répondes à aucune interview et que tu te montres le moins possible.

– Qu'est-ce que j'ai déclenché?...

– Ce n'est pas toi, c'est ce Félix Savage... Il faut que je te précise que Tom est absolument mortifié par l'attitude de son frère. Il est venu plusieurs fois s'excuser pour lui.

– Je n'ai aucune raison d'en vouloir à Tom... Papa, j'ai besoin d'être un peu seule.

Papa me fit un bisou sur le front et s'éclipsa doucement. Sa mesure et son bon sens me faisaient du bien. Je commençais à comprendre que j'aurais dû l'écouter plus attentivement avant toute cette histoire. Une amertume naissait en moi.

Baptiste Jones vint me voir le lendemain. Pour l'occasion, je fis l'effort de me lever, de m'habiller et même de me faire belle. Je le reçus dans le séjour. J'avais demandé à Papa et Maman de nous laisser seuls. Ils attendirent dans le jardin, installés sous la tonnelle, une tasse de thé à la main. Je pouvais les discerner derrière le professeur Jones qui leur tournait le dos, assis dans un fauteuil face à moi. Ça faisait longtemps que je n'avais pas vu Baptiste et j'en fus étrangement heureuse. Il semblait que je me sois attachée à lui, d'une certaine façon.

– Alors, commença-t-il, te voilà devenue une star.

– Je m'en serais bien passée.

– Et nous donc... Tes parents m'ont bien fait promettre de te ménager, mais tout de même, Théa... Tu as fait une énorme bêtise en levant le secret du programme SENS.

De nouveau, la colère me submergea. Je commençais à voir les choses un peu différemment et je me demandais même s'il n'y avait pas eu, au-delà de sa trahison, une certaine volonté de m'aider de la part de Félix.

– Est-ce que ce ne serait pas plutôt vous qui auriez fait une énorme bêtise? Après tout, je n'ai que seize ans! On ne peut pas trop m'en demander! C'est normal, à mon âge, que je fasse des erreurs, non? Mais vous?!

– Théa...

Baptiste ne s'était pas attendu à ce genre de réaction. J'avais été tellement docile avec lui jusqu'à présent, concernant l'expérience. Jamais je ne l'avais remise en cause ne serait-ce qu'un tout petit peu.

– Et puis qu'est-ce que vous faites ici? C'est quoi votre mission, aujourd'hui? Me remettre sur les bons rails psychologiques, afin que votre fameuse expérience puisse aboutir? C'est ça, n'est-ce pas?

– Théa, je t'en prie... Tu n'es pas obligée de me croire, mais... si je suis là, c'est uniquement pour toi. Pour voir si tu vas bien. Pour t'apporter mon soutien. Tu m'importes, tu sais. En tant que personne, je veux dire, pas en tant que cobaye.

– Pourquoi est-ce que je vous croirais?

Baptiste soupira et se replia en lui-même quelques instants. Puis il prit une grande inspiration avant de dire:

– Je vais te montrer quelque chose.

Il glissa une main sous le pan de sa veste et fouilla dans une poche intérieure. Il en sortit un portefeuille qu'il ouvrit et en extirpa une photographie qu'il me tendit. Je la pris et ressentis un profond malaise en la regardant.

Il s'agissait d'un vieillard tout ridé. Vraiment très ridé, noueux, le crâne chauve. À première vue, il semblait aussi vieux que ceux de la maison de retraite lors de la sortie pédago-catastrophique. Pourtant, quelque chose d'essentiel était différent. D'abord, sa petite taille, et ensuite, surtout, son regard. Candide, doux, innocent. C'était le regard d'un enfant.

– Qui est-ce? demandai-je.

– Il s'agissait de mon petit frère.

– Quoi? Mais c'est impossible. Votre arrière-grand-père, peut-être, mais pas votre frère. Vous vous moquez de moi.

– Pas du tout, Théa. Mon frère Joseph souffrait d'une maladie génétique appelée progeria. Ceux qui en sont atteints sont victimes de sénescence accélérée. Dès leurs premières années, ils connaissent les mêmes symptômes qu'un vieillard.

– C'est pour cela que vous avez décidé d'orienter vos études puis vos recherches vers l'arrêt du vieillissement...

– Oui. J'avais l'espoir de trouver le remède pour sauver Joseph.

– Et vous l'avez trouvé !

– Oui, mais trop tard pour mon frère. Je suis heureux de pouvoir bientôt allonger la durée de vie des autres malades. Mais Joseph, lui, est mort il y a déjà dix ans de cela. Il avait...

– Seize ans, n'est-ce pas ?

– Oui, seize ans, Théa.

Nous restâmes silencieux quelques instants. J'étais émue, mais je réfléchissais aussi à toute vitesse.

– Il y a une grande différence entre soigner une maladie et changer le cours normal d'une vie, fis-je remarquer.

– C'est vrai. Mais c'est toujours comme ça en sciences. On cherche à résoudre un problème, et c'est soudain un monde qui s'ouvre à nous.

– Qu'est-ce que je représente, pour vous ? Je ne suis pas votre frère.

– Bien sûr, tu ne l'es pas. Pourtant... Il y avait en toi quelque chose de semblable, quand je t'ai rencontrée. Cette conscience aiguë du temps qui passe malgré ton jeune âge, et une forme de souffrance liée à cela. J'ai senti que tu devais être sauvée. Et toi, je pouvais te sauver. Je suis en train de te sauver, Théa.

Je fronçai les sourcils. Tout ça était si complexe...

– Et si vous vous étiez trompé sur mes peurs et mes désirs...

Il me regarda dans les yeux, longuement.

– Est-ce que c'est le cas, Théa ? demanda-t-il avec de l'anxiété dans la voix.

– Je ne sais pas trop... Dites-moi... Si jamais je veux arrêter le traitement...

Baptiste soupira profondément.

– Ce serait une preuve d'échec très dure à avaler pour moi. Mais bien sûr, il s'agit de ta vie et de ton corps. Je comprends ton hésitation, Théa. On avait bien entendu prévu que l'un ou l'autre des sujets puisse revenir sur sa décision. Il y a six mois, on a arrêté le traitement sur l'une des souris témoins, qui s'appelle Algernon. Bien qu'elle ait repris son vieillissement normalement, elle est dans une forme excellente. L'arrêt du traitement est sans danger. À toi de voir...

CHAPITRE

16

Les jours suivants, la vie reprit son cours normal. Enfin, tant que faire se pouvait. Papa était reparti sur son île. Et moi, je pus constater que j'avais en effet acquis subitement une notoriété extraordinaire. Je ne pouvais plus sortir sans qu'un journaliste m'agrippe le bras ou désire me prendre en photo. Mon histoire était relayée et analysée un peu partout, dans les journaux, sur le Web... Grâce à la pression exercée par le Centre de recherche, la tonalité majeure qui en ressortait était l'enthousiasme. Chacun s'émerveillait du progrès scientifique formidable qui allait peut-être modifier le destin de toute l'humanité. Désormais, ce n'était plus seulement ma mère qui était suspendue avec impatience aux résultats de l'expérience, mais le monde entier. Les vingt-neuf autres patients étaient protégés encore plus que prévu, vu le *buzz* médiatique, et toute l'attention se focalisait donc sur moi. La réussite de l'expérience s'était réduite à ma propre réussite. Comme si j'avais à moi seule le pouvoir de valider le programme SENS. Si je décidais d'arrêter tout, ce serait une déception retentissante pour l'humanité entière. Le poids qui pesait sur mes épaules était d'un milliard de tonnes.

J'adoptai rapidement lunettes noires et chapeau couvrant. Au début, ça avait un côté romantique et excitant tout à la fois, qui ne me déplaisait pas tant que ça. Mais cela devint vite lassant et très handicapant. Je rêvais de me promener en toute liberté, le visage et la tête découverts. Les premiers temps, je parvins à tromper la vigilance des journalistes en escaladant la palissade entre le jardin de Théo et le nôtre, protégée des regards de la rue par un grand saule pleureur. Avec l'accord des parents de Théo, je sortais par leur petit portail, ni vu ni connu. Au bout de quelques semaines il ne resta bientôt que deux ou trois *paparazzi* en embuscade, dont je me moquais bien tant qu'ils me laissaient sortir de chez moi sans m'embêter. Des photos de moi avec lunettes noires s'étalèrent encore dans quelques journaux, ce qui calma l'appétit des médias qui purent gloser à loisir sur ce qu'était et serait ma vie, et sur les répercussions du projet SENS sur l'humanité, avec avis d'experts à foison.

Les cours étaient terminés, au lycée. Pour fêter l'arrivée des grandes vacances et aussi me changer les idées après toutes ces émotions, Zoé et moi décidâmes d'organiser une fête avec tous les copains du lycée.

– Et uniquement les gens qu'on connaît, précisai-je. J'ai pas envie que débarquent plein de curieux ou de reporters infiltrés.

– Pas de souci, Théa. Je vais dire à chaque invité qu'il s'agit d'une soirée strictement privée et qu'il n'en parle à personne d'autre. Ça va attiser le désir d'être de la fête, ce côté mystérieux!

Maman accepta que cela ait lieu à la maison. Zoé et moi fîmes une liste d'une quinzaine d'invités triés sur le volet. La plupart étaient dans notre classe ou dans celle de Mike. J'invitai aussi Théo. Nous nous étions beaucoup éloignés ces derniers temps. Mais l'avantage, c'était que je n'avais plus aucun sentiment négatif à son égard. De plus, depuis l'histoire avec Félix, je me sentais incapable de sentiments amoureux. Je pensais même ne plus savoir ce que c'était. Je me disais que je serais heureuse de revoir Théo plus souvent, simplement pour son amitié.

On fixa la date de la fête à la semaine suivante.

Le mercredi, j'allais au Centre comme d'habitude, sauf que désormais je m'y rendais en bus. Pénétrer dans une bouche de métro était encore au-dessus de mes forces; il me faudrait du temps avant de surmonter cette appréhension.

Mes visites à Baptiste, que je n'appelais plus le professeur Jones, prenaient les allures de rendez-vous hebdomadaires avec un ami plus âgé. Nous discutions de tout et de rien. C'était plus agréable qu'avant, quand il me semblait qu'il tentait de sonder mon cerveau. De cette façon, sur un mode quasiment amical, il pouvait en outre me percer bien mieux à jour, psychologiquement parlant. On y gagnait sur tous les plans. Ce jour-là, nous fûmes particulièrement joyeux.

Tout semblait rentrer plus ou moins dans l'ordre, et j'allais réellement mieux dans ma tête.

– Théa, j'ai quelque chose à te proposer. Dans quelques mois aura lieu un congrès très important. On nous y attend de pied ferme, afin de parler du programme SENS. De multiples questions seront soulevées, auxquelles nous devrons apporter les réponses les plus optimistes. Que dirais-tu de nous accompagner? Tu as le temps d'y réfléchir, ce n'est pas pour tout de suite. Mais tout le monde n'attend que ça: te voir et surtout se rendre compte de ton état. Il faudra que tu montres combien tu es en forme. Que tu parles de tes projets... Ce pourrait être amusant que tu viennes avec Rosalie. Qu'en penses-tu?

– Pourquoi pas? C'est vrai que ça me ferait du bien de m'exprimer enfin sans me cacher...

– Ce ne sera peut-être pas facile, réfléchis bien. Tous nos détracteurs seront là et ils te poseront les questions les plus dérangeantes. Est-ce que tu te sens assez forte pour y répondre?

– Je crois que oui, Baptiste...

Lorsque je quittai le bureau, je bifurquai comme d'habitude vers le laboratoire, pour faire un petit coucou à Rosalie. Mais avant d'y entrer, je stoppai mes pas dans le couloir car la voix du docteur Deltaire était inhabituelle. Elle trahissait un désarroi. J'écoutai.

– Il faut prévenir Baptiste, mais allez-y doucement. Ce sera un choc pour lui. Je ne comprends pas ce qui a pu se passer. Elle était en pleine forme hier. Et même sans prendre en compte les mois de traitement, elle n'était pas en âge de mourir. Pauvre Algernon... Je vais la disséquer tout de suite pour tenter d'avoir une explication. C'est une catastrophe... Je vous en prie, faites en sorte que ça ne s'ébruite pas. Personne ne doit savoir. Personne, vous entendez. Allez chercher Baptiste.

Les jambes tremblantes, je renonçai à entrer. J'eus soudain peur que le docteur Deltaire ou son assistant ne me voie, alors je courus vers l'ascenseur. Une fois à l'intérieur, je manquai défaillir. Algernon, la souris qui avait arrêté le traitement, était morte. Je comprenais peu à peu, très lentement, ce que cela signifiait. Effectivement, c'était une catastrophe... et je décidai de faire comme si je n'avais rien entendu de cette conversation. En tout cas, le temps qu'il faudrait.

Le soir de la fête arriva. Au début tout se passa super bien. C'était bon de s'amuser avec ceux qui m'étaient proches. Zoé et Mike formaient décidément un beau couple, et j'étais très contente pour ma meilleure amie, plus excentrique que jamais, toute en déclinaisons de rouge, d'orange, de jaune, et en dissymétries.

– Toi, tu es redevenue sobre, me dit Théo alors que j'observais Zoé en train de danser sur de la musique syncopée.

Il était venu me rejoindre sur le canapé, un verre à la main. En effet, je n'avais pas eu envie d'effets vestimentaires, cette fois-ci. Les photographies de Félix continuaient à circuler un peu partout, et j'en avais carrément assez de ma propre image. Je redevenais donc discrète, peu à peu. Cette fois-ci, j'avais juste enfilé une robe d'été noire et blanche, et attaché mes cheveux en une queue-de-cheval un peu sauvage.

– Toi aussi tu es sobre, observai-je en désignant son verre de limonade.

– L'alcool, ça n'a jamais été mon fort...

– Moi, j'en ai besoin en ce moment...

J'en étais à mon quatrième verre de punch. M'étourdir me faisait du bien. Je désirais oublier la mort d'Algernon qui, la nuit, dans mes cauchemars, se mêlait à l'image de Petite Théa...

– Tu n'as pas demandé à Mia de venir? demandai-je.

– Tu n'es pas au courant?

– Quoi? Elle s'est assommée avec un pompon?

– Ne sois pas méchante. Non. Simplement c'est fini, entre elle et moi.

– Oh! Tu es triste?

– Pas vraiment. C'est moi qui ai pris la décision.

– Pourquoi ça? Vous formiez un beau couple.

Théo me regarda avec un air étrange, durant de longues secondes. Ce fut à ce moment que quelqu'un ouvrit imprudemment la porte sur un groupe de mecs de terminale qui n'avaient pas du tout été invités.

– Merde! soufflai-je.

Je me levai pour leur demander de partir.

– Alors, c'est toi l'immortelle? répliqua un type râblé avec une longue mèche qui lui barrait le front, puant l'alcool à quarante kilomètres. Comment est-ce qu'on peut être aussi débile? Avoir seize ans toute sa vie! Tu vois pas que c'est le pire âge qu'on puisse avoir?

Il éclata d'un rire gras, suivi par sa bande de cinq gros lourds.

– Fichez le camp.

Zoé, Tom et Théo se joignirent à moi pour tenter de faire décamper les indésirables. Mais ils étaient déjà entrés et se servaient à boire et à manger. Nous tentâmes tout, leur parler gentiment, méchamment, rien n'y fit. Ils étaient bien incrustés. Les choses dégénérèrent vraiment lorsque l'un d'eux m'enlaça avec force.

– Ça fait quoi de rouler une pelle à une nana immortelle? Allez, montre-moi.

– Lâche-la tout de suite!

Théo administra un coup de poing maladroit sur l'épaule du gars, que je sentis se gonfler de haine avant de me lâcher effectivement, mais pour s'en prendre à Théo. Il lui lança son énorme paluche dans le visage. Le nez de Théo explosa et je poussai un cri. Le ton monta rapidement. Chacun des intrus semblait soudain prêt à en découdre.

Je ne voulais pas alerter ma mère qui était restée dans sa chambre, soucieuse de me laisser tranquille avec mes amis, mais bien entendu l'agitation la fit émerger dans le séjour. Elle alluma toutes les lumières d'une seule pression sur le mur, et la surprise nous figea tous. Voir cette femme, majestueuse dans sa robe de chambre de star, coupa le sifflet et l'élan des perturbateurs. Maman analysa rapidement la situation, surtout au vu de l'état de Théo.

– Que les indésirables s'en aillent, laissa-t-elle tomber d'une voix sourde et rauque à la fois.

Jamais je ne lui avais vu autant d'autorité. Je fus fière d'elle à cet instant. Aucun intrus ne répliqua.

– Allez, c'est nul ici, on se barre, décréta l'un d'eux.

Et ils disparurent. Après ce pénible intermède, plus personne n'avait le cœur à s'amuser. Du sang de Théo décorait le sol, et ça freinait plutôt les désirs de fête. Alors chacun se mit à ranger pour m'aider un peu, ramassa ses propres affaires et commença à s'en aller. Tous mes amis m'embrassèrent chaleureusement, Zoé plus fort que les autres bien sûr.

– À demain, ma super-cop'. C'était une belle soirée quand même, je t'assure.

Je lui fis un pauvre sourire, avant d'arrêter Théo qui prenait le même chemin que Zoé.

– Attends, faut te soigner.

Maman avait déjà la trousse à pharmacie en main. Dans les situations d'urgence, elle pouvait être redoutable d'efficacité. Je la remerciai pendant qu'elle s'occupait de Théo.

– Rien de plus naturel, tout de même. Ton amour d'enfance ! Je pouvais pas le laisser pisser le sang chez nous.

Je rougis comme une pivoine. Et je crus voir que Théo aussi.

– Voilà, c'est fini ! Laisse ce pansement en place jusqu'à demain. Ce n'est rien de grave en fin de compte, heureusement. Je suis crevée, les enfants, je vais me coucher. Bonne nuit.

Nous la regardâmes s'éloigner, assis sur le canapé.

– Viens, lui dis-je enfin. Il n'est pas très tard. Et ça fait longtemps que tu n'es pas venu dans ma chambre.

Il me suivit.

Je me recroquevillai sur mon lit, jambes repliées entre mes bras, genoux contre mes lèvres. Lui s'assit sur un tabouret tout proche. Nous restâmes comme cela, silencieux, durant de longues secondes.

– Amour d'enfance? finit-il par prononcer.

Je soupirai:

– Les garçons sont-ils aussi aveugles qu'on le dit? Tiens, regarde...

Je me penchai pour plonger mon bras sous le matelas. J'en extirpai mon carnet couleur vert d'eau.

– C'était mon journal intime. Je vais l'ouvrir au hasard, à n'importe quelle page.

C'est ce que je fis. Et là, dans chaque marge, de toutes les couleurs, s'allongeait son prénom, en gros, en petit, en diagonale, verticale, horizontale.

– Mais comment... comment...? bafouilla-t-il.

– Comment tu ne t'es aperçu de rien? Alors là!

– Et... hum... et aujourd'hui, Théa? Aujourd'hui, qu'est-ce que tu ressens?

On se regarda.

– Je ne sais pas, Théo.

– Et si... Enfin peut-être que tu saurais si... si...

– Si...?

Il vint s'asseoir à mes côtés. Tout près. Je sentais sa chaleur irradier jusqu'à moi. Et de la façon la plus naturelle du monde, il m'embrassa. À chaque nouveau baiser de chaque nouveau garçon, j'avais cru connaître ce qui existait de plus fantastique. Mais là, ça dépassait encore tous les autres. Pas au niveau purement technique, comme j'avais pu l'analyser avec les précédents. Ce qui était différent, c'était que justement je fus incapable de réfléchir à cette «technique»! Mon corps s'éleva et se déconnecta de la réalité. J'entrai dans un tout autre monde, où n'existaient que nos deux âmes étroitement enlacées. Tout se passa dans un rêve des plus réels, mû par des forces supérieures.

Sans même que j'aie pu y réfléchir une seule seconde, toujours de cette façon déconnectée, le corps participant complètement mais en même temps s'effaçant, nous fîmes l'amour.

La voilà, ma première fois.

Petite Théa apparut un bref instant, un grand sourire aux lèvres, pour me susurrer :

– *Je te félicite, Grande Théa.*

CHAPITRE

17

C'était merveilleux d'être dans ses bras, nue, et lui nu aussi. Pour la première fois de toute ma vie, mon âme entière se montrait elle aussi toute nue. C'était dangereux et délicieux. Toute cette chaleur, ce bonheur... J'aurais voulu que ça dure éternellement. Et ça pouvait. Oui, ça pouvait être éternel.

– Théo... Si le traitement arrive sur le marché... tu le prendrais, n'est-ce pas?

Je le sentis s'éloigner de façon imperceptible.

– Je ne sais pas, Théa. Très franchement, je suis pas trop pour. J'ai envie d'avoir une vie simple, ordinaire. J'ai envie de vieillir, d'avoir des enfants et de les voir vieillir aussi.

Une grande douleur s'ouvrit dans mon cœur. Il prit mon visage dans ses mains, pour le tourner vers le sien.

– Et si tu arrêtais cette expérience complètement folle? J'aimerais vraiment te voir vieillir. J'aimerais qu'on vieillisse ensemble. On est presque des adultes, ce serait génial de démarrer et de finir cette vie d'adulte ensemble. De vivre cette aventure. Et puis, tu serais belle à tous les âges, j'en suis persuadé. Et je veux que mes enfants voient leur mère vieillir...

– Tes enfants?... Tu imagines tes enfants... avec moi? Oh, Théo...

D'énormes larmes roulèrent sur mes joues.

– Théo... répétai-je encore.

– Mais qu'est-ce qu'il y a? Dis-moi...

J'éclatai en sanglots pour de bon, avant de lui révéler ce que je savais. Si j'arrêtais le traitement, je risquais de mourir, tout comme Algernon.

Théo pâlit. Il se redressa dans le lit. Il resta longtemps ainsi. Puis il s'allongea à nouveau, avant de me serrer fort entre ses bras.

– Pauvre Théa... Qu'est-ce qu'ils t'ont fait?

Le désespoir me submergea, en même temps que l'amour. Ah, destin, tu jouais encore avec moi... J'avais une autre raison d'être désespérée, une raison que je cachais à Théo, que je cachais à tout le monde. Cette raison me brisa le cœur lorsque Théo parla d'avoir des enfants avec moi.

En réalité, cela faisait trois mois que je n'avais plus mes règles.

Je n'en avais pas parlé au Centre de recherche. Récemment, j'étais allée voir le médecin généraliste de la famille, qui m'avait fait faire des examens. Je ne pouvais pas être enceinte puisque j'étais vierge. Tous mes résultats montraient que je n'étais pas malade.

– La raison ne peut être que psychologique, finit par dire le médecin. Ce n'est pas très difficile d'en deviner la cause... Je pense que ta décision d'arrêter de vieillir te travaille plus que tu ne veux l'admettre...

Ainsi, tout mon corps s'était arrêté...

Je vécus les jours les plus beaux et les plus amers de toute ma vie. Théo et moi, c'était comme je l'avais toujours cru avant de me perdre avec toute cette histoire : évident. Dans ses bras, je disparaissais et existais tout à la fois. Rien ne pouvait plus m'arriver. J'étais heureuse. Mais nous ne parlions jamais d'avenir...

Quelle ironie !

J'avais un avenir immense devant moi, plus grand que celui de n'importe qui. Tout, absolument tout pouvait m'arriver. J'aurais le temps de tout vivre.

Sauf ce que je désirais le plus au monde : construire une vie avec Théo. Une vie ordinaire.

– Je te sens bizarre, ces temps-ci, me dit Baptiste un mercredi. Je te sens ailleurs.

Je fis l'effort de sourire. J'étais la seule de nous deux à savoir que nous savions tous les deux, pour Algernon. Pour l'impossibilité d'arrêter le traitement. Chaque mercredi je me demandais : aura-t-il le courage de me l'avouer ? Mais rien.

Il ne laissait rien paraître. Que gardait-il encore d'important pour lui seul? Qu'ignorais-je encore de fondamental?

– C'est juste que je suis amoureuse.

– C'est formidable. Je suis très content pour toi.

– Merci. Comment va Rosalie?

– Eh bien, tu le sais, tu la vois chaque semaine. Tu vois bien qu'elle se porte à merveille.

Je n'osais pas lui demander, ni au docteur Deltaire, ce qui me tarabustait: est-ce qu'elle pouvait avoir des bébés? Ou bien est-ce que son fonctionnement physiologique à elle aussi s'était mis au point mort? Et si c'était le cas, me le diraient-ils?

Quoi qu'il en soit, et pour leur rendre la monnaie de leur pièce, lors de l'examen médical qui précédait ou suivait toujours mon entrevue avec Baptiste, je mentais constamment en donnant des dates fantaisistes quant à l'arrivée de mes règles.

Les semaines passèrent. Au fil du temps, je sentais Théo de plus en plus préoccupé. De nombreuses raisons en étaient la cause. Pour commencer, il reprit le lycée en septembre alors que je maintins ma résolution de m'octroyer une année sabbatique. L'idée, c'était de m'intéresser à plein de choses, apprendre, me cultiver. J'aurais dû lire beaucoup, aller voir du monde, voir le monde... Mais je ne fis pas grand-chose de mon temps libre puisque, me disais-je, j'avais justement tout mon temps et plus encore, alors pourquoi se presser? Cependant ma mère s'impatientait et ne supportait pas de me voir inactive, me lever tard et m'affaler sur le canapé pour regarder des bêtises. Contrairement à mes attentes, Papa fut plus compréhensif. Il estimait que j'avais besoin de ce temps-là pour réfléchir à *qui j'étais vraiment*, ce furent ses mots. J'étais celle qui ne vieillissait plus. Mais il fallait pouvoir me définir autrement.

Pour fuir ma mère qui elle aussi restait beaucoup à la maison, je finis par sortir presque toute la journée. Je me promenais en ville, protégée par mes lunettes noires. Je me nourrissais dans des snacks ou des bistrots. J'arpentais chaque rue, chaque ruelle. Je restais assise sur des bancs. Je réfléchissais. Lorsque nous nous retrouvions le soir, Théo et moi, il avait des tonnes d'histoires à me raconter, et moi aucune. J'avais vu beaucoup de choses, mais à quoi bon raconter cette conversation truculente entre deux vieux au coin de la rue Roux? Comment rendre la saveur amère de cette dispute que j'avais entendue au sein d'un couple par une fenêtre du boulevard Kurzweil? Pourquoi lui rapporter cette conversation que j'avais eue avec une mère de famille au parc? Il m'aurait prise pour une cinglée, pensais-je. Pourquoi m'intéressais-je soudain à toutes ces choses anecdotiques, voire insignifiantes? Zoé, Mike, Tom, Théo et tous les autres ne parlaient que de copains, copines, flirt, profs, parents, orientation scolaire... J'avais très rapidement pris beaucoup de distance par rapport à tout ça. Je finis même par voir beaucoup moins Zoé. Et je m'éloignai de Théo sans le vouloir. Ce qui aggravait notre cas était notre impossibilité d'évoquer l'avenir. Comment aimer sans se projeter? Je réalisai que cela ne se pouvait pas, même à notre jeune âge. Même si on sait que la vie fait dévier les rêves, l'amour a besoin d'en créer. Aimer ne peut pas longtemps se conjuguer au présent : il a besoin d'un futur. Théo m'aimait. Je le voyais. Tout me le prouvait. Mais je sentais qu'il souffrait de plus en plus de la situation. Je souffrais de le voir souffrir à cause de moi. Et même s'il était très jeune, le temps passait vite pour lui.

Le congrès devait avoir lieu début novembre.

Baptiste voulut me voir la veille pour *me briefer*, comme il le dit.

– Ils vont te poser des questions très pointues. Des questions pièges. Beaucoup de participants vont tenter de démonter le projet SENS. On ne plaît pas à tout le monde, loin de là. Le Comité d'éthique et l'Église nous ont à l'œil. Mais ne t'inquiète pas. Je vais bien te préparer à cela.

– Que reproche l'Église à cette expérience ? demandai-je.

Maman était croyante et ça ne l'avait jamais gênée pour modifier son corps artificiellement. Elle m'emmenait quelquefois à l'église quand j'étais petite. Il n'y avait aucune contradiction dans son esprit entre sa foi et ses opérations de chirurgie esthétique. Dieu est bon, me disait-elle, et il ne condamnerait jamais un choix qui puisse rendre heureux quelqu'un sans que cela porte préjudice à quiconque. Elle en était persuadée. Cependant Papa avait refusé que je sois « endoctrinée », comme il le disait, et Maman n'était pas assez pratiquante pour insister afin que j'aille à l'église. Alors je récitais quelques prières avec elle le soir et j'aimais cela comme des comptines. Mais ça n'avait rien à voir avec Dieu, dans mon esprit. Pour moi Dieu était comme un grand-père maternel et c'était pour cela que je devais obéir à ma mère. Pour cela aussi, sans doute en partie, que j'avais choisi de rester avec Maman plutôt qu'avec Papa. Elle était de la famille de Dieu, en quelque sorte. Aujourd'hui, me disais-je, n'avais-je pas besoin de réfléchir à un Dieu détaché de ma mère? Ou de me détacher d'un Dieu quel qu'il soit?

– D'après la Bible, m'expliqua Baptiste, c'était un péché lorsque Adam et Ève ont mangé le fruit de l'arbre de la science. Ils ont été chassés du Paradis pour ça. Et c'est pour ça que les humains ont eu à vieillir, à être malades et à mourir. Certains croyants pensent que ce serait encore un péché de tenter à nouveau de manger un fruit de l'arbre de la science, tu comprends? Mais nous, nous proposons une vision à très long terme de ce qui pourrait faire le salut de l'humanité au sein d'un environnement amélioré...

Je hochai la tête mais je ne comprenais guère. Quant à l'éthique, j'ignorais tant ce que ce mot contenait que je n'osai même pas interroger Baptiste. Lui-même changea rapidement de sujet pour passer en revue toutes les questions gênantes qu'on allait me poser de façon prévisible et il me fit apprendre par cœur les réponses les plus correctes selon lui. J'appris docilement.

– Je suis rassuré, Théa, annonça-t-il pour finir. Je suis certain que tout se passera très bien, et en plus tu n'as jamais eu meilleure mine. Tu es l'incarnation de notre réussite à tous. À demain...

CHAPITRE

18

Le congrès avait lieu à quelques centaines de kilomètres. Nous dûmes prendre le TGV de bon matin pour nous y rendre.

Depuis l'attentat dans le métro, j'avais une peur nouvelle. Il y avait la peur de mourir, oui. La mort brutale et douloureuse. Je faisais parfois des cauchemars où des barres de fer émergeaient de la carcasse d'un métro et me transperçaient le corps lors d'un accident. Mais la peur la plus présente, c'était désormais celle de *ne pas mourir* à la suite d'un tel accident. Je m'imaginais gravement mutilée et dans l'impossibilité d'arrêter le traitement. Condamnée à vivre longtemps, sans vieillir, avec un corps très abîmé, en proie peut-être à d'atroces souffrances quotidiennes...

Baptiste sentit ma nervosité. Il jeta un regard au professeur Deltaire qui nous accompagnait et transportait Rosalie dans une cage aux barreaux laqués de blanc. Cette dernière non plus n'en menait pas large. Elle tournait dans tous les sens, se cognant aux parois.

– Je suis désolé, Théa, dit Baptiste, je n'ai pas réfléchi, on aurait mieux fait de prendre l'avion. Il est normal que le TGV te rappelle la bombe du métro...

Je ne répondis que par un pauvre sourire, avant de m'installer aux côtés des deux professeurs.

Le docteur Deltaire ajouta pour me rassurer que le plan de sécurité optimale était encore en vigueur et que l'on ne risquait rien.

Mais dès que le wagon s'ébranla, une angoisse profonde m'étreignit. Je regardai les fenêtres hermétiquement fermées et le paysage qui défilait rapidement à l'extérieur. L'air me manquait. Je me concentrai sur ma respiration et me repliai en moi-même. Dans la vitre, je ne vis d'abord que mon propre reflet. Mais bientôt j'y discernai Petite Théa à la place. Celle-ci me prit par la main pour me ramener à un moment précis du passé. La scène se déroule aujourd'hui devant mes yeux comme elle se déroula alors sur la vitre du train :

– Où l'emmènes-tu, Rachel ? demande le père de Petite Théa.

L'enfant est là entre ses deux parents, emmitouflée dans un cardigan épais, avec un bonnet, des gants et une écharpe de laine. Sa mère est élégante dans son manteau long et noir, cintré sur sa taille fine. Elle n'est pas belle à proprement parler, mais elle dégage une grande énergie. Son père, lui, a un aspect lourdaud dans l'embrasure de la porte. Son regard est sombre.

– Je suis obligée de la prendre avec moi. Tu vas travailler, toi, n'est-ce pas? Et je ne peux pas la laisser seule à son âge, tu le sais bien.

– Mais tu n'es pas obligée d'aller là-bas... pour ça... Et surtout pas avec elle. Enfin, quel exemple?...

– Ça y est, tu recommences! Autant qu'elle soit confrontée dès maintenant à la réalité. Et puis elle aura juste à patienter dans la salle d'attente... Je ne comprends pas ce que...

– Ce que je comprends, c'est qu'elle va voir sa mère entrer dans le bloc avec un visage et ressortir avec un autre... Voilà ce que je comprends, moi.

– Tu exagères, je ne vais pas me métamorphoser! Si c'était possible, je le ferais certainement, mais la science n'en est pas encore là. On va juste me retendre un peu la peau. J'aurai l'air plus jeune. Mais enfin, ce sera toujours mon visage.

– Je n'approuve pas, Rachel, je n'approuve pas du tout...

Rachel ne répond pas et tourne les talons. Petite Théa se lance derrière sa maman. Dans le taxi, cette dernière l'enlace. Elles restent ainsi plusieurs secondes en silence. Puis:

– Qu'est-ce qu'ils vont te faire, Maman? Est-ce qu'ils vont t'enfermer dans une machine pour te rajeunir? Est-ce que tu pourras bien respirer?

– Ma chérie, ne t'inquiète pas... Si je le fais, c'est que c'est bien de le faire. Crois-moi. C'est ce qu'il y a de mieux pour moi.

Sa maman serre Petite Théa encore plus fort, avant de la dévisager.

– Tu es si jeune, Théa. Ta peau est si parfaite, si rebondie... Ah, si je pouvais avoir encore une peau comme la tienne et toute ta santé !... Et pour toi non plus ça ne va pas durer très longtemps, cette belle santé-là. Oui, je vais devoir rester immobile chez le médecin tout à l'heure. Je vais subir une opération. Mais malgré tous les progrès de la science, ma peau ne sera jamais aussi parfaite que la tienne aujourd'hui, et je vieillis tout de même à l'intérieur...

Comme elle ne l'a pas démenti, Petite Théa croit toujours que sa maman sera enfermée dans une machine opaque et suffocante, où elle ne pourra pas bouger et où de petits bras mécaniques très habiles la dépèceront pour ensuite lui coudre une nouvelle peau... peut-être celle d'un enfant mort...

Plusieurs nuits durant, après ça, Petite Théa fera de nombreux cauchemars.

– Nous arrivons, murmura Baptiste.

– Tu dois être bien reposée, me fit remarquer le professeur Deltaire, tu as somnolé durant tout le trajet.

– Je rêvais, rectifiai-je.

Je tus cependant ce que j'éprouvais à la suite de ce souvenir étrangement clair et net.

Cet instant de lucidité aurait dû m'amener à détester ma mère, mais aussi les professeurs Jones et Deltaire, tous ceux qui m'avaient manipulée pour calmer des angoisses personnelles ou bien satisfaire une ambition, sans tenir compte de ma jeunesse ni de mes propres sentiments. Ni surtout de leur évolution.

Sans me considérer comme un être humain à part entière.

Mais je contins très facilement mon ressentiment. Je me sentais soudain beaucoup plus vieille qu'eux. Plus raisonnable. Je savais que je me détacherais d'eux tous.

Il me suffisait d'attendre le bon moment.

CHAPITRE 19

J'étais calme mais très impressionnée lorsque je pénétrai dans l'hôtel où avait lieu ce fameux congrès réunissant des savants et des chercheurs du monde entier. Je dus attendre l'heure de la séance concernant le projet SENS, pendant que les professeurs Jones et Deltaire assistaient à d'autres conférences sur les recherches concernant le rajeunissement ou l'arrêt du vieillissement. Je m'installai sur un banc de velours rouge, contre un mur du gigantesque hall au lourd décor baroque et aux colonnes de marbre. La cage avec Rosalie était posée à mes côtés, et à cause d'elle tous les regards étaient braqués sur moi. D'un seul coup d'œil, chacun pouvait deviner qui j'étais. Mais chacun, aussi, après une vive lueur d'intérêt, finissait par m'ignorer, comme si je n'étais pas digne d'attention prolongée, surtout pas assez intéressante au point qu'on engage une discussion avec moi. Après tout, je préférais ça. Le moment de répondre aux questions allait arriver bien assez tôt. En attendant, les congressistes se croisaient tous, à chaque minute plus nombreux, se serrant la main ou échangeant des saluts de tête ou des sourires.

Deltaire vint enfin me chercher. Je saisis la cage de Rosalie, puis je suivis le professeur jusque dans la salle de bal aménagée en salle de conférences pour l'occasion. Elle était déjà bondée. Tous les regards se rivèrent sur moi. Mon cœur se mit à battre plus vite. Pour me calmer, je tentai de me rappeler les réponses apprises par cœur avec Baptiste, la veille. Deltaire et moi prîmes place derrière la longue table sur l'estrade, aux côtés de Baptiste et d'un homme qui avait tout l'air du président de séance. Je posai Rosalie entre Baptiste et moi. Ce dernier m'adressa un sourire d'encouragement. Puis je regardai tous ces gens, en face de moi, qui me mangeaient des yeux. J'eus subitement le désir de leur lancer des cacahouètes. Mais je devais bien me rendre à l'évidence : c'était moi l'animal exotique, pas eux. Le président ouvrit la séance en disant :

– Il est inutile que je vous présente la communication qui va vous être faite. Nous avons tous largement entendu parler dans les médias des recherches extraordinaires effectuées par l'équipe du professeur Jones. Il n'est pas besoin d'ajouter que chacun de nous est impatient d'en savoir davantage.

Baptiste eut la parole et il se lança dans un discours jargonneux auquel je ne comprenais rien du tout. Je m'ennuyai très vite. Je voyais que Rosalie s'agitait de plus en plus, sans doute incommodée par le bruit, l'agitation et la chaleur inhabituels. Je ressentis soudain une vive pitié pour elle.

Après le discours de Baptiste, les questions commencèrent à pleuvoir. Quelqu'un dans l'auditoire mit très vite le doigt sur celle qui me brûlait les lèvres depuis longtemps :

– Étant donné l'âge de la souris Rosalie, elle aurait déjà dû avoir des bébés souriceaux. Pourquoi n'est-ce pas le cas ? Est-ce que le traitement rend stérile ?

– Effectivement, Rosalie n'a pas eu de bébés, répondit Deltaire, alors qu'elle est régulièrement en contact avec des mâles. Mais de nombreuses autres souris ayant commencé le traitement en même temps qu'elle en ont eu. Ce n'est qu'un hasard.

Je n'en saurais pas plus cette fois-ci...

Beaucoup de points sur l'arrêt du vieillissement furent éclaircis par Jones et Deltaire. Le sujet dériva rapidement sur l'immortalité. Le traitement pouvait-il conduire à la vie éternelle ? Comme à son habitude, Baptiste fut évasif, rétorquant qu'ils n'en savaient encore rien.

– Nous ne sommes pas en mesure, ni vous ni moi, de conclure à l'immortalité des sujets. Ils seront les seuls à pouvoir le vérifier, quand nous serons morts depuis longtemps !

Quelques rires fusèrent.

– Mais sans doute pourrons-nous le vérifier par nous-mêmes, si les experts ici présents valident l'expérience. Écoutez, poursuivit-il, j'ai envie de citer un philosophe du XVIIIe siècle. Il s'agit de Condorcet. Il disait : « L'homme ne deviendra pas immortel, mais il pourra constamment augmenter le temps entre le moment où il commence à vivre et quand naturellement, sans maladie ou accident, il trouve que sa vie est un fardeau. » Je crois que c'est aussi la philosophie du programme SENS. Notre objectif n'est pas l'immortalité, mais la jeunesse pour très longtemps. Il y a une nuance importante. Cependant, il faudra effectivement s'attendre à un bouleversement de notre société. Ceux qui vieilliront et ceux qui ne vieilliront pas devront apprendre à vivre ensemble. Mais je suis sûr qu'à terme plus personne n'aura à craindre les affres du vieillissement et peut-être non plus ceux de la mort. C'est ce que je souhaite à l'humanité.

Une femme demanda :

– Avez-vous pensé à l'érosion ? Une pierre s'érode au fil du temps. Comment le corps humain et surtout la peau humaine pourraient-ils supporter des centaines d'années de soleil, de pluie, de vent, etc. ?

– Pour commencer, répondit Deltaire, notre mode de vie est de plus en plus intérieur et protégé des éléments extérieurs. Ensuite nous savons déjà nous protéger du soleil. Et enfin, vous n'ignorez pas que les progrès concernant le renouvellement cellulaire sont très rapides. Nous pourrons bientôt régulièrement régénérer la peau par une simple crème de beauté appliquée le matin.

Un homme grand et sec se leva, et s'enquit d'un air sombre :

– Mais à force de jouer à être Dieu, ne craignez-vous pas de faire perdre à cette jeune fille son humanité ?

Baptiste me regarda brièvement, l'air de me dire : « Ça y est, c'est ton tour, sois forte. »

– Regardez-la, répondit-il.

Je retins mon souffle, pendant un moment de silence qui me sembla durer une éternité.

– Trouvez-vous qu'elle n'a pas l'air humaine? Il s'agit d'un être humain comme vous et moi. Elle a juste cette chance de pouvoir échapper à l'une des tragédies humaines: le vieillissement. Et peut-être à une autre plus grande encore: la mort.

– Oui, mais souvenez-vous d'Icare: à force de vouloir se rapprocher du soleil, il s'est brûlé les ailes... Et il en est mort.

Le dernier mot fut dit de façon si grave qu'il me fit frissonner. C'était comme si cette personne désirait ma mort. Ne se rendait-elle pas compte que j'étais là, que c'était de moi qu'il était question? Était-ce cette même personne qui craignait que je ne perde mon état d'être humain? La tête commença à me tourner.

– Serait-il absurde de considérer l'amélioration de la race humaine comme un progrès? s'emporta Deltaire.

Baptiste lui adressa un signe d'apaisement.

– Théa, demanda quelqu'un d'autre, comment vivez-vous cette expérience?

– Très bien. Je suis en pleine forme. Et je suis très heureuse de pouvoir bénéficier du traitement.

C'étaient très exactement les mots que j'avais appris la veille.

– Est-ce le cas de tous les sujets, professeur Jones?

– Oui. Les trente sujets se portent à merveille. Aucun effet secondaire à déplorer. Et même, ils se portent psychologiquement bien mieux qu'avant. Bien évidemment, supprimer l'une des plus grandes angoisses humaines, c'est bon pour le moral!

Quelques rires encore.

– Pour vous en convaincre, poursuivit-il, je vous propose de visionner quelques secondes d'une entrevue avec Théa peu après le début du traitement, et d'une autre toute récente.

Je sursautai. On m'avait prévenue que je serais filmée durant ces entretiens, mais je n'avais pas imaginé une seule seconde que ces films seraient montrés devant un public. Je pensais naïvement qu'ils serviraient en interne, simplement pour donner des repères aux chercheurs du Centre. Et maintenant, sur le grand écran derrière moi, j'apparaissais, l'air visiblement mal dans ma peau. L'ado dans toute sa splendeur, qui répondait par des sarcasmes à Baptiste, quand il n'était pour moi que le professeur Jones. Pour contrebalancer, il fit projeter ensuite mon rendez-vous avec lui juste après ma nuit avec Théo. Je resplendissais. Mais il mettait ça sur le compte du traitement. Je commençais à bouillir intérieurement.

Devant mon apparence sereine dans le deuxième film, des murmures d'approbation, voire d'admiration parcoururent l'assemblée.

– Je m'adresse encore à vous, jeune fille, s'enquit une personne après la projection, qu'allez-vous ressentir lorsque vos enfants grandiront, vieilliront et que vous-même aurez toujours l'apparence d'aujourd'hui ?

Je pris une profonde inspiration et récitai d'une voix mécanique :

– Il y a plusieurs possibilités : mes enfants, une fois leur maturité atteinte, pourront choisir de bénéficier du traitement.

Ainsi ils n'auront jamais l'air de me dépasser en âge. Ou bien ils feront le choix de ne pas en bénéficier, ou alors plus tard... Dans ce cas, je pense que ce sera juste une habitude à prendre de voir un parent sembler plus jeune que son fils ou sa fille. L'âge de chacun de nous ne se devinera plus qu'à travers nos conversations et l'expérience acquise. Ce sera bien plus passionnant, et personne ne sera discriminé à cause de son apparence et donc de son âge.

Cette tirade m'épuisa littéralement. Mais surtout elle causa un léger brouhaha dans la salle. Visiblement, je n'avais pas convaincu tout le monde. Je concevais que c'était un petit peu dur à avaler, cette idée-là. Moi-même, je n'y croyais qu'à moitié. Je détesterais avoir l'air plus jeune que ma fille, ce serait absurde! Mais je plaidai tout le contraire. Je vis dans le regard de plusieurs personnes de l'assistance qu'on me soupçonnait d'avoir subi un lavage de cerveau. J'y songeais déjà pas mal moi-même, à ce moment-là.

– Mais combien coûtera le traitement? cria soudain quelqu'un. Ne sera-t-il pas réservé aux plus fortunés, créant ainsi des surhommes qui pourront dominer le tout-venant de l'humanité? Et ces surhommes n'auront plus à faire d'enfants pour assurer la survie des leurs!

Le brouhaha enfla encore.

– Oui, dit un autre, il faudra même qu'ils n'en fassent pas, des enfants, sous peine de surpopulation! Et alors notre espèce ne pourra plus évoluer si nous ne nous reproduisons plus!

L'agitation était grande parmi l'assemblée, mais Baptiste se leva avec des gestes d'apaisement. Pendant ce temps, je me rappelai notre échange avant que le traitement ne commence: «Je pourrai quand même avoir des enfants avec ce traitement?» lui avais-je demandé. Il m'avait rassurée: «Tu pourras avoir une vie sociale, affective et familiale tout à fait normale.»

Baptiste prit la parole, mais il éluda la question:

– Nous qui travaillons depuis des années et sans relâche au Centre de recherche avons la satisfaction de savoir que nous avons sauvé de la dépression ou de la délinquance une jeune fille que la peur de vieillir rendait de plus en plus agressive. Le choix qui s'est porté sur elle, tout comme sur les vingt-neuf autres sujets, ne s'est pas fait au hasard. Quand Théa a accepté ce traitement, elle était sur le point d'être exclue de son établissement scolaire. Elle était en rupture parentale. Ses amis étaient marginaux. Son choix actuel de prendre une année sabbatique afin de réfléchir à son avenir se fait dans un tout autre contexte, sereinement, et s'inscrit dans un projet de vie choisi par elle. Elle a pris ses distances avec ses amitiés douteuses. Elle construit une relation amoureuse durable. Théa est en train de mettre toutes les chances de son côté pour son bonheur à venir, alors qu'avant le traitement elle les détruisait une à une. On pourrait dire que, en supprimant cette peur panique de vieillir qui comme vous le savez est étroitement liée à l'idée de performance dans notre société, nous avons sauvé Théa...

J'étais bouche bée. Ma vie, soudain, était décrite sous un angle que je n'avais jamais envisagé. Rupture parentale? Sur le point d'être exclue? Je l'ignorais. Mon amie douteuse, était-ce Zoé? Même ma vie amoureuse était étalée devant ce public qui n'en perdait pas une miette. Je mourais de honte, mais la colère prédominait. Je me rappelais les paroles de Baptiste lorsqu'il m'avait attendrie avec l'histoire de son frère mort : « Tu m'importes, tu sais. En tant que personne, je veux dire, pas en tant que cobaye. » C'était faux. Archifaux. Tout avait été calculé. Je me tus durant plusieurs minutes, ruminant ce qui venait de se passer.

Puis une question passionnante à mes yeux tomba enfin :

– Les sujets peuvent-ils s'ils le souhaitent arrêter le traitement sans danger ?

Je connaissais suffisamment Baptiste pour deviner combien il était embarrassé. Mais cela ne dura qu'une fraction de seconde. Il afficha un grand sourire et répondit :

– Bien entendu, nous avons une souris témoin pour laquelle nous avons stoppé le traitement et...

– Elle en est morte.

J'avais prononcé ces quatre mots très nettement dans le micro.

L'assemblée entière ouvrit les yeux et la bouche de stupeur.

Je n'avais jamais vu Baptiste aussi ahuri.

Je n'avais pas beaucoup réfléchi à mon geste, pourtant il m'apparut inéluctable tout à coup : j'appuyai sur le loquet de fermeture de la cage de Rosalie, qui bondit immédiatement au-dehors.

Des cris retentirent et résonnèrent dans la salle. Les carafes d'eau sur la grande table se renversèrent. Un homme hurla. Deltaire cria :

– Attrapez-la ! Attrapez-la !

Et moi je pensais très fort : *Enfuis-toi, cours, cours...*

Plusieurs personnes tentèrent de se jeter sur Rosalie, mais elle était véloce et se faufila entre les jambes et les mains. Les portes de la salle s'ouvrirent et la foule agitée se répandit au-dehors.

– Elle est là ! cria quelqu'un.

Baptiste me jeta un regard noir.

– Qu'est-ce qui te prend, Théa ? Tu es en train de fiche toute l'expérience en l'air !

Je haussai les épaules, avant de plonger sous la table, d'émerger de l'autre côté et de m'élancer dans la même direction que Rosalie.

Je scrutai chaque recoin. Je finis par voir une tache blanche courir le long d'une plinthe et se diriger vers la sortie. Je me précipitai.

– Elle est là ! entendis-je encore.

Mais je fus plus rapide. Il me sembla que Rosalie me reconnut lorsque je m'approchai d'elle et elle se laissa emprisonner entre mes mains.

– Théa ! cria Baptiste.

Je pris mes jambes à mon cou. Personne ne me barra le chemin et je quittai l'hôtel facilement. J'imaginai Jones et Deltaire à mes trousses, alors je courus le plus vite possible. La gare était toute proche. Par chance, un TGV partait dans la bonne direction juste quand j'arrivais. J'y montai à toute vitesse, au moment où les portes se fermèrent.

– Une seconde de plus et vous étiez coupée en deux, mademoiselle, me gronda le contrôleur.

Je lui montrai le billet que m'avait donné Deltaire pour le retour, sans répondre. Il ne correspondait pas au train de cet horaire mais l'homme ne fit aucune difficulté, puisque de nombreuses places étaient libres. Je choisis l'une d'elles. Je fis le trajet les yeux fermés, soulagée de pouvoir laisser la pression du congrès s'évacuer doucement. Rosalie était toute chaude dans ma main. Elle s'endormit. Une fois arrivée, je déboulai dans la gare routière et cherchai un bus pour la côte. J'en trouvai un qui partait quelques dizaines de minutes après. J'y grimpai et me laissai tomber sur un siège. Mon téléphone ne cessait de vibrer mais je l'ignorai. Je portai le museau de Rosalie contre ma joue et comptai les pulsations de mon cœur.

TROISIÈME PARTIE

Celle que je deviens

CHAPITRE 20

Je fermai à nouveau les yeux, me laissant bercer par le roulis du bus. Il s'arrêtait régulièrement, ouvrant ses portes, les refermant, puis repartait. Au bout d'une vingtaine de minutes, le chauffeur me lança :

– C'est le terminus, jeune fille !

J'ouvris les yeux sur le débarcadère, de l'autre côté de la vitre. Je descendis et attendis le prochain bateau pour Portbrise. Je fis la traversée sous un ciel calme et moutonneux. Je me sentais sereine, soudain, et Rosalie aussi le paraissait, pelotonnée dans la poche de mon manteau. Durant le trajet, un nuage plus lourd et plus sombre que les autres creva soudain. Je ne reculai pas comme les autres passagers pour m'abriter sous l'auvent ou entrer dans la cabine. Je restai là sous la pluie, lui offrant mon visage. Je la laissai ruisseler librement sur moi, imprégner mes vêtements.

Trempée et frigorifiée, je quittai le bateau en courant dès qu'il accosta. Je ne cessai pas de courir, afin de me réchauffer un peu, même si fendre l'air n'arrangeait pas vraiment les choses. Je tenais Rosalie au fond de ma poche. Elle était une boule toute chaude. Heureusement, Papa habitait non loin du quai. Je discernai rapidement sa petite maison simple, au pied d'une colline verte. Les parois lambrissées me faisaient penser aux arbres, bien entendu, mais aussi à la pluie, au vent. Cela me fit du bien de reprendre contact avec ces éléments naturels. Je me dirigeai d'abord vers l'extension que Papa avait fabriquée lui-même afin d'en faire son atelier. Elle bénéficiait d'une baie vitrée offrant une vue formidable sur la mer. Je plaquai mon visage contre la vitre, l'entourant de mes mains afin de mieux scruter l'intérieur. Une foultitude de statuettes en bronze se dressaient à terre ou sur des socles, des étagères, des planches sur tréteaux. Chacune en était à un état d'avancement différent. Certaines étaient toutes hérissées de tiges de coulée pas encore coupées, d'autres étaient patinées de doré brillant, d'autres avaient un aspect mat. Des ébauches de figurines aux corps nus étaient disposées sur un plan de travail. Et, en train de sculpter une boule de cire... mon père.

Je l'observai quelques secondes. Je l'avais toujours plus ou moins vu à travers le prisme déformant du regard de ma mère. Il m'apparaissait comme un réactionnaire à la vue courte, et son apparence en découlait: pataud, lourd, sombre. Ce jour-là, pour la première fois je le regardai avec mes propres yeux, et une chaleur m'emplit aussitôt. Ce que je discernai chez mon père, ce fut une rondeur calme, une habileté due certainement à une grande ouverture d'esprit, et une lumière créative. Comment n'avais-je jamais vu cela auparavant?

Il finit par lever la tête de son œuvre et me vit, dégoulinante, grelottante, de l'autre côté de la baie vitrée. Il se précipita au-dehors pour me faire entrer.

C'était bon, après une bonne douche chaude, de me retrouver emmitouflée dans un plaid, devant la cheminée crépitante, un bol de chocolat brûlant entre les mains. Papa avait retrouvé dans le fatras de son grenier une cage à oiseaux, dans laquelle Rosalie dormait sur un lit de copeaux de bois, aussi épuisée que moi par notre aventure. Je racontai tout à Papa. J'étais si fatiguée, si désireuse de me confier à quelqu'un de proche que je lui dis même la mort d'Algernon, ainsi que l'arrêt de mes règles. Au fil de mes révélations, je sentais bien que je lui faisais une grande peine. Il secouait la tête ou fermait les yeux afin de dissimuler sa tristesse. Et moi j'étais triste de lui causer une aussi terrible déception. Après tout, j'étais sa seule enfant. Et voilà ce que j'étais devenue: un monstre qui, si ça se trouvait, ne lui donnerait jamais aucune descendance.

Je vis qu'il retenait ses larmes. Il finit par me dire, la voix altérée par l'émotion:

– Je suis si désolé, Théa. Je te demande pardon...

– Mais pourquoi? Tu n'y es pour rien.

– Si. J'ai fui. J'ai laissé faire. Je les ai laissés me rassurer sans aucune preuve. Je n'ai rien vérifié. J'ai été faible. Et je t'ai abandonnée entre leurs griffes. Si tu savais comme je m'en veux...

– Papa...

Nous ne pûmes cette fois ni l'un ni l'autre contenir nos larmes. Mais elles étaient chaudes et me firent du bien. Nous nous enlaçâmes comme nous ne l'avions jamais fait. Papa était toujours resté en retrait durant mon enfance. Je n'avais pas vraiment connu son affection. Il avait fallu attendre seize ans... Après ces effusions, nous comprîmes qu'il fallait cesser de s'apitoyer et aller maintenant de l'avant, quelle que soit la situation actuelle.

– Que comptes-tu faire? me demanda-t-il.

– D'abord, il faut quand même que je fasse rapidement savoir à Bapt... au professeur Jones où je suis, afin qu'il m'envoie mes médicaments ainsi que ceux de Rosalie. J'en ai toujours sur moi une réserve pour une semaine. Mais il faut faire vite pour Rosalie. Il faudrait que son traitement arrive par le premier bateau de demain.

– Je m'en occupe, Théa, sois tranquille. Tu as raison, c'est le plus important. Je vais aussi prévenir ta mère qui doit certainement déjà se faire un sang d'encre. Pour la suite, nous verrons plus tard.

– Oui, pour la suite, j'ai tout mon temps, répliquai-je amèrement.

J'entendis Papa appeler le professeur Jones dans la pièce d'à côté. J'étais rassurée qu'il prenne les choses en main. Il fit promettre à Jones qu'il ne viendrait pas lui-même et surtout qu'il garderait le secret du lieu où je me trouvais. Je n'entendais pas les réponses à l'autre bout de la communication mais je sentais à travers celles de mon père que le professeur était dans une colère noire. Cependant il accepta toutes les conditions dictées par Papa. Avait-il le choix de toute façon?... Le lendemain, un carton rempli de plusieurs petites boîtes arriva chez nous par le bateau. Chaque boîte était remplie de toutes petites boules blanches. Un mot expliquait: *Une boule doit être administrée tous les jours à Rosalie. Elle les mange facilement, elles ont bon goût. Professeur Deltaire.* Je ne m'attendais à rien d'autre mais l'absence d'un mot pour moi venant de Baptiste me fit mal. Pourtant, je lui en voulais certainement autant que lui devait m'en vouloir. Mais un lien étroit s'était tissé entre nous deux, et il serait long à se distendre.

Je passai un mois chez Papa, loin de tout média, refusant de savoir ce qui s'y étalait, et Papa ne m'en disait mot. Maman aussi parvenait à se taire à ce sujet. Elle m'appelait tous les jours mais je n'acceptais de lui répondre qu'une fois sur trois. J'avais besoin de prendre mes distances avec elle... Plus tard, je pris connaissance des titres qui avaient fait dès le lendemain du congrès la une des journaux: *La faille mortelle du programme SENS*, *Le programme SENS à sens unique!*, *Théa: pas d'autre choix que l'éternité*, *Personne ne sait où se trouve Théa*, *La jeune cobaye est-elle allée mourir loin du monde?* Les suppositions les plus folles étaient formulées à mon sujet. Puis quelques jours plus tard: *Théa en exil chez son père.* Ils avaient vite retrouvé ma trace. J'appris par la suite que Jones avait tout fait pour qu'aucun journaliste ne m'atteigne. En effet, je ne fus jamais importunée. Papa et moi ne vîmes jamais personne. Des articles plus sérieux sommaient le professeur Jones de s'expliquer sur ce qui était arrivé à Algernon. Les réponses étaient opaques. Il incriminait les nanorobots qui s'étaient emballés. Mais ce qui ressortait surtout, c'était qu'il ne savait pas vraiment ce qui causait la mort à l'arrêt du traitement. Il jurait que les recherches pour pallier cet énorme inconvénient allaient déboucher rapidement. Mais aujourd'hui encore, même après toutes ces années, rien n'a été trouvé, ou en tout cas communiqué.

Avec Papa, nous nous promenions au bord des falaises, ou bien j'observais longuement, fascinée, la coulée de bronze rougeoyante dans les moules d'argile. Papa effectuait cette opération compliquée derrière la maisonnette, grâce à un dispositif construit au-dessus d'un trou profond. Ensuite, une fois le métal refroidi, mon père brisait le moule d'argile et la sculpture apparaissait, brute, hérissée de masselottes. Cette opération m'émouvait beaucoup. C'était à chaque fois la naissance d'une forme neuve.

Au téléphone, Maman me suppliait de revenir et je lui répondais invariablement: «Oui, bientôt.» Je ne désirais pas me disputer avec elle. Je voyais désormais clairement quel rôle immense elle avait joué dans ma décision de prendre le traitement, mais je ne parvenais pas vraiment à lui en vouloir. Je la voyais davantage comme une victime. Une victime plus atteinte que moi, puisqu'elle était toujours aveugle face à tout ça. Elle était encore dans cette fuite en avant, assujettie au désir de paraître toujours plus jeune. Elle ne voyait pas combien elle se perdait elle-même. J'avais de la pitié pour elle. Moi je devenais au fil des jours plus lucide sur ma condition, et si cette lucidité me brûlait, j'accédais pourtant au statut d'esprit libre, même dans un corps arrêté. Et rien ne m'apparaissait plus précieux que cette seule liberté qui me restait.

Je téléphonai à Théo quelquefois, mais c'était lui qui appelait le plus souvent. J'avais au début un immense besoin de solitude et le désir profond de ne faire de mal à personne. Je me disais qu'au fil des jours Théo se détacherait de moi. Je pensais qu'il retournerait avec Mia et qu'ensemble ils créeraient un beau foyer. Tout ce qui me faisait si mal à imaginer auparavant, je l'appelais désormais de mes vœux. C'était ce que je pouvais souhaiter de mieux pour Théo. Bien entendu, cela me procurait une grande tristesse, mais à laquelle se mêlait la satisfaction d'œuvrer pour le bonheur de celui que j'aimais, sans égoïsme.

Et puis je jouais avec Rosalie. Pour qu'elle ne se sente pas trop seule, Papa avait attrapé deux autres petites souris. Il s'était procuré un bac en plexiglas beaucoup plus grand que la cage à oiseaux, ainsi que des accessoires afin que les trois animaux se défoulent et ne s'ennuient pas : roues, tunnels en caoutchouc colorés... Souvent, je prenais Rosalie entre mes mains et je caressais son pelage si doux. Je l'observais, cherchais son regard rose. Avait-elle cet air flou que m'avait trouvé Félix ? Non. Et moi-même l'avais-je certainement perdu car, comme il me l'avait prédit, mon innocence envolée (volée ?) m'ancrait désormais, et définitivement, dans un éternel présent.

– Que comptes-tu faire ? me répéta Papa, alors que nous nous promenions un matin sur la crête au-dessus de la falaise.

Je laissai un silence passer entre nous, comme la brise venant de la mer. Puis je répondis :

– Tu as remarqué combien Rosalie a l'air déprimée ces temps-ci ? Hier soir tu m'as dit : « Elle se sent certainement seule. » Pourtant elle a deux copines depuis trois semaines. Mais elle reste en retrait. Peut-être même qu'elle préférerait une cage pour elle toute seule au bout du compte. Ou peut-être aimerait-elle retrouver ses copines du labo ? Qu'en penses-tu ?

– Qu'essaies-tu de me faire comprendre, Théa ?

Je savais qu'il avait déjà compris. Sa voix avait tremblé. Mais je lui expliquai :

– Si je suis ici avec toi, sur cette île, en retrait du monde, c'est parce que je n'ai pas d'autre solution. Toi, c'est un mode de vie que tu as choisi. Moi, je n'ai pas le choix. Je ne suis plus une humaine comme les autres. Je ne peux plus vivre avec les autres, à moins de les faire souffrir.

Je pensais à Théo qui me submergeait de messages auxquels j'avais décidé de ne plus répondre. Une vive douleur me vrilla le cœur. Mais je pensais aussi à Zoé qui me manquait beaucoup et qui elle aussi m'appelait souvent sans que je la rappelle. Je secouai la tête.

– Non, je n'ai pas le choix. Mais je ne peux pas non plus continuer comme ça, même si je suis vraiment bien avec toi, parce que...

– Parce que, si vraiment ce traitement fonctionne sur le long terme, sur l'échelle de ta vie à toi ma mort est proche. Et tu te retrouverais alors toute seule...

– Oui... Je finirais par crever de solitude. Enfin, ne pas en crever justement. Je pourrais toujours subvenir à mes besoins d'une façon ou d'une autre ; il suffirait par exemple que je vende une interview ou bien une photographie de moi au journaliste le plus offrant. Et puis je pourrais reprendre mes études par correspondance. Je trouverais un métier qui me conviendrait. Et par la suite j'aurais tout le temps d'en apprendre un autre. Mais je ne peux pas continuer comme ça.

Une vague monstrueuse vint s'écraser sur un rocher près de nous. De grosses gouttelettes d'écume échouèrent sur nos visages. J'inspirai profondément l'air iodé. Papa m'imita.

– Je ferai tout pour t'aider, Théa. On les retrouvera. Les vingt-neuf autres, on les retrouvera. Ensuite, on verra.

– Réglons les problèmes un à un, décréta-t-il plus tard. Le plus difficile va être d'obtenir la liste des noms et des adresses des autres cobayes. Ensuite, on va se heurter à un autre souci. Tu m'as dit vouloir visiter chacun d'eux, à son domicile. Mais comment va-t-on faire ? Ils n'habitent certainement pas tous à côté. Je n'ai pas de voiture, pas de permis de conduire. Et toi non plus. On aurait pu se déplacer en train, mais je crois que tu n'y es plus vraiment à l'aise, depuis ton accident...

Je réfléchis quelques secondes à peine.

– Maman a les deux, suggérai-je. Incluons-la dans l'aventure.

Papa leva sur moi un regard surpris.

– Tu crois vraiment que... qu'on arriverait à se supporter dans le huis clos d'une voiture ?

– Il faudra bien. Pour moi, vous ferez cet effort. Tu ne crois pas ?

Je sentis toute la résistance et l'hésitation qui l'habitaient. Mais il y avait aussi un espoir qui se faisait jour.

– Oui, il faudra bien. On peut essayer...

Je lui dissimulai mon sourire.

CHAPITRE

21

– Zoé?

Un cri de surprise et de joie faillit me crever le tympan.

– *Comment tu vas, ma belle?*

– Ça va, Zoé. Ça va doucement. Et toi?

– *Oui. Je suis plus avec Mike, mais... ça va.*

– Qu'est-ce qui s'est passé?

– *Tu devineras jamais pour qui il m'a plaquée...*

– Mmmm... Je vois pas.

– *Mia! Il est avec Mia!*

– Mince, c'est pas vrai?

C'était bon de se replonger dans cette vie d'avant. J'étais sincèrement désolée pour Zoé, mais je me sentais détachée du reste. Je n'avais plus aucune animosité envers Mia. Cependant, pour retrouver ma complicité avec Zoé, je m'amusais à la descendre en flammes. Après plusieurs minutes, mon amie aborda un autre sujet, d'un ton plus grave :

– *Faudrait que t'appelles Théo. Si tu le voyais... On dirait l'ombre de lui-même. Il est grave amoureux de toi, je t'assure.*

– Je sais, Zoé. Mais c'est mieux pour lui s'il m'oublie.

– *Arrête, tu nous joues quel plan, là ? Celui de la sainte sacrifiée ? Ça te va pas du tout, je te le dis tout de suite.*

Je la laissai dire sans répliquer, puis :

– Je t'appelle parce que je vais devoir me rendre sur le continent. Et j'aimerais bien te voir, tu me manques...

– *Moi aussi ! Oh oui, ce serait super de se voir ! Tu veux que je prépare une fête, un truc comme ça ?*

– Surtout pas. S'il te plaît, ne dis rien à personne. Ne préviens surtout pas Théo.

– *T'es sûre, Théa ? Je suis certaine que tu crèves d'envie de le voir, pas vrai ?*

– ...

– *C'est inhumain ce que tu t'imposes et ce que tu lui imposes. Merde, vous vous aimez, quoi ! Y a rien de plus simple, non ?*

– S'il te plaît, Zoé...

– *OK, OK, c'est promis. Je serai muette comme une tombe. Zip, bouche cousue.*

Papa et moi prîmes le bateau un matin de décembre froid et sec, au ciel uniformément bleu. Nous laissâmes Rosalie à des voisins de confiance, avec la consigne stricte de ne surtout pas oublier sa pilule quotidienne. Le vieux couple natif de l'île, au visage buriné par les vents de la mer, hocha gravement la tête, nous assurant de partir tranquilles. Une fois sur le continent, nous nous rendîmes d'abord chez Maman.

Elle me serra fort dans ses bras. Mais auparavant je pus constater qu'elle avait encore une fois subi un lifting et s'était fait ôter de la graisse des cuisses et du ventre.

– Tu m'as manqué, ma puce ! Ne me laisse plus jamais seule comme ça, compris ?

Je lui souris.

– Toi aussi tu m'as manqué, Maman.

Je lui exposai mon projet pendant le repas. Maman regarda Papa.

– Partir tous les trois en voiture ?...

– Rachel, notre fille a besoin de nous. Je crois qu'on lui doit bien ça, après tout ce que...

Il tenta de maîtriser son émotion, avant de se reprendre :

– On doit faire des efforts.

Maman hocha la tête. Elle me prit le bras, se pencha vers moi.

– J'avais mis tant d'espoir dans cette expérience. Je reconnais, Théa, que je pensais beaucoup à moi. J'ai tant espéré ne plus vieillir... Je te l'avoue, j'espère encore qu'ils trouveront ce qui ne va pas et que tout rentrera dans l'ordre. L'important, c'est d'avoir le choix. On change tant dans la vie. Peut-être que, dans dix ans, j'aurai soudain envie de devenir une vieille personne... Je veux avoir le choix. Et c'est terrible que tu ne l'aies plus...

– Rachel ! gronda Papa.

– Excuse-moi, ma puce. Ton père a raison. On te doit bien ça. Et puis ça fait longtemps que je ne suis pas partie plusieurs jours de la maison, ça me fera du bien! Ce sera une belle aventure. Je suis d'accord. Mais, Théa, il te faut d'abord avoir la liste des autres patients, comment vas-tu t'y prendre?

– Je compte aller demander à Jones directement. Je trouve que lui aussi me doit bien ça...

– Tu peux essayer, ma chérie, répondit Maman.

Mais je voyais bien qu'elle n'y croyait pas.

J'avais donné rendez-vous à Zoé l'après-midi même au snack de la rue Anissimov, la rencontre avec Jones étant prévue pour le lendemain. Il faisait si froid qu'il s'était mis à neiger. C'était amusant de laisser ses empreintes dans la neige et de voir les flocons se déposer et fondre dans le bonnet de laine ou l'écharpe. Et puis toute la ville était décorée en prévision de Noël. Je me souvenais que l'année précédente j'avais commencé à prendre ces rituels de fin d'année en grippe. Je n'en voyais que le côté commercial et l'obligation dans laquelle se trouvaient mes parents d'élaborer toutes les stratégies possibles afin de s'éviter pendant les fêtes. Mais cette fois cela remplit mon cœur de joie. C'étaient ces petites choses simples les plus importantes dans la vie. Peut-être qu'il ne me resterait plus qu'elles, désormais, pensai-je sans tristesse. J'y voyais tout le désir humain de vivre et se réjouir, et cela m'émouvait.

Je ne tardai pas à repérer les guirlandes lumineuses et clignotantes qui habillaient la devanture du snack. À l'intérieur, la lumière chaude émise par des luminaires colorés donnait envie de se réchauffer et de rire devant une bonne crêpe au chocolat. Je me réjouissais d'y retrouver Zoé. Mais mon sourire se figea lorsque j'arrivai à quelques mètres du restaurant, assez près pour discerner les clients assis à l'intérieur. J'eus le réflexe de poser la main sur mon cœur qui jouait la sarabande, soudain. Et je dus réprimer un élan de joie, ainsi que le désir de me précipiter vers celui qui faisait face à Zoé : Théo.

Elle avait sans doute voulu me faire plaisir. Elle pensait sans doute que c'était la meilleure chose pour moi. Elle ne pouvait pas comprendre.

Et je sentais maintenant cette chaleur immense qui coulait dans tout mon corps tandis que j'observais Théo, et ce désir de me coller contre lui, de toucher à nouveau sa peau... Les larmes jaillirent de mes yeux. À ce moment-là, Zoé leva la tête et me vit, pétrifiée au-dehors. Elle ouvrit la bouche, et Théo esquissa un geste pour se retourner.

L'effort que je dus faire fut le plus inhumain, le plus colossal de toute mon existence. Je tournai les talons avant de voir le visage de Théo, que je brûlais pourtant de contempler. Mais si je croisais son regard, c'était fichu. Je n'aurais plus de force du tout.

Alors je m'enfuis.

Quelques minutes plus tard, je reçus un message de Zoé sur mon téléphone : *Pardon, Théa. Je croyais bien faire.* Je pleurai à chaudes larmes sans pouvoir lui répondre.

Le lendemain, mes deux parents m'accompagnèrent au Centre de recherche scientifique. Jones avait accepté de me recevoir, mais j'avais si peur de sa colère et de sa déception que je ne voulus entrer dans son bureau que flanquée de Papa et Maman.

Le professeur était installé derrière son bureau, raide et distant. Des rides que je ne lui avais jamais vues barraient son front. Et surtout, il évitait de me regarder. Nous avions convenu que ce serait Maman qui prendrait la parole. Papa éprouvait trop de haine pour le professeur Jones et tout ce programme SENS pour faire preuve de mesure ou même de simple politesse. Tous deux s'affrontèrent d'ailleurs du regard une demi-seconde, et je crus que la foudre allait s'abattre pile au milieu du beau bureau, dans un grand fracas : un abîme de pensée les séparait. Maman sourit et commença :

– Monsieur Jones, nous devons tous faire face à ce qui arrive. L'expérience avait une faille, et c'est Théa qui en est la première victime, j'aimerais que personne ne l'oublie.

Papa hocha la tête gravement et, pour la première fois depuis mon entrée dans le bureau, Jones posa son regard sur moi, mais très brièvement.

– Elle bénéficie tout de même de l'arrêt du vieillissement, rétorqua Jones, c'était ce qu'elle voulait et c'est une grande chance, j'aimerais que cela aussi personne ne l'oublie.

Je fermai les yeux un long instant. Je réalisai soudain, seulement à ce moment-là, que Baptiste Jones évoluait dans un monde à part. Il avait toujours vécu pour son utopie, si persuadé que cette dernière constituait le salut de l'humanité qu'il était tombé dans le piège de nombreuses idéologies, si altruistes fussent-elles : il avait oublié l'humain derrière l'humanité. Il m'avait oubliée, moi.

Je rouvris les yeux et vis son visage, que j'avais trouvé beau, soudain laid et buté comme celui d'un enfant à qui on aurait volé son jouet.

– Écoutez, répondit ma mère, on peut penser ce qu'on veut, il n'empêche qu'en conséquence de tout ça le traitement ne sera pas commercialisé. Et ça change tout pour Théa. Elle se retrouve seule. Aussi, ce qu'on aimerait vous demander...

– Communiquez-nous les noms des autres cobayes, poursuivit mon père d'une voix forte. C'est important pour Théa de les rencontrer, de leur parler...

Jones lui jeta un regard noir.

– C'est hors de question. Il s'agit d'informations strictement confidentielles. On va trouver le remède au problème de l'arrêt du traitement, j'en suis convaincu. Il y a encore de fortes chances pour que l'expérience soit validée, plus tard. Et je ne compte pas tout fiche par terre simplement parce que j'aurai commis l'imprudence de vous divulguer l'identité des autres cobayes. Qui me dit que Théa ne va pas encore tout balancer à la presse?

J'eus un hoquet d'indignation.

– Baptiste... soufflai-je.

– Ne m'appelle plus jamais comme ça.

Ma douleur se changea en haine.

– C'est vous le monstre, sifflai-je.

Papa me prit par les épaules et Maman ouvrit la porte.

– Allons-nous-en, dit Papa.

Il n'y avait rien d'autre à dire. Jones claqua la porte derrière nous et j'éclatai en sanglots. Mes parents tentaient de me calmer, quand le professeur Deltaire sortit de la pièce d'à côté et s'avança vers nous. Elle me tendit une clé USB.

– Tiens, chuchota-t-elle. J'ai tout entendu... Tu trouveras tout ce que tu veux là-dedans. Baptiste ne pouvait pas céder, c'était une question d'honneur pour lui. Mais je suis sûre qu'au fond il serait d'accord avec moi pour te donner ça. Seulement promets-moi, Théa, et promettez-moi, monsieur et madame Torel, que pour rien au monde vous ne communiquerez ces informations à quiconque. C'est aussi pour le bien de ces personnes, qui ont signé comme Théa une charte de confidentialité, et préfèrent peut-être ne pas se faire connaître des médias.

– C'est promis, professeur, répondit ma mère.

Deltaire resta un instant immobile lorsque j'eus saisi la clé avec reconnaissance. Elle eut un air tendre que je ne lui avais jamais vu et passa doucement sa main sur ma joue.

– J'espère que Rosalie va bien, s'enquit-elle.

– À merveille, répondit Papa pour moi.

Elle me caressa encore quelques instants d'un air indéchiffrable, puis disparut derrière une autre porte.

CHAPITRE

22

Ils étaient disséminés dans tout le pays. Jones s'était-il déplacé aussi loin à chaque fois pour les trouver, ou bien avaient-ils été recrutés à distance? Il m'avait dit avoir visité uniquement les établissements de la région avant de me trouver, moi. Mais s'il n'était pas tombé sur cette perle rare que je représentais, aurait-il cherché plus loin? Ou bien étaient-ils plusieurs à recruter, un peu partout, dans chaque région? Toutes ces réponses me seraient données au fur et à mesure de mes rencontres avec chacun des cobayes.

Je ne savais pas ce que j'en attendais, mais je désirais les voir. Leur demander comment ils avaient été choisis, eux. Leur parler, s'ils voulaient bien. À tous. Tous les vingt-neuf.

Maman possédait, garée dans l'allée du jardin, une vieille voiture qu'elle utilisait peu. De couleur gris métallisé, de forme arrondie, elle n'était ni très spacieuse ni très confortable, mais elle bénéficiait d'un grand atout à mes yeux : une capote électrique. Malgré le froid, j'espérais bien qu'on pourrait rouler cheveux au vent. Sur le Net, nous avions entré les vingt-neuf destinations et demandé au logiciel de nous calculer le trajet le plus pratique. Une ligne bleue le matérialisa, cela ressemblait à une étoile. Puis Maman s'occupa de trouver et réserver un hébergement pour nous trois, dans chaque lieu. Papa garantissait l'aspect financier du voyage, nous révélant à l'occasion que le succès de ses sculptures lui rapportait bien plus encore que Maman et moi ne l'avions imaginé. Nous avions calculé que notre périple durerait environ un mois. Mais nous étions libres, tous les trois, d'allonger cette durée comme il nous conviendrait, et c'était beau cette liberté qui s'offrait à nous.

Nous décidâmes de ne pas attendre que les fêtes de fin d'année soient passées. J'avais bien trop hâte d'entamer le voyage. Oh, bien sûr, j'avais pourtant tout mon temps, mais l'impatience se moque de l'avenir et ne considère que le présent. Nous partîmes donc un peu avant Noël.

Nos sacs remplissaient le coffre entier. Je m'étais pelotonnée à l'arrière de la voiture, Papa et Maman devant, le chauffage intérieur créant une buée sur les vitres qui me permit d'y tracer un cœur. Il était pour Théo : j'espérais sans y croire qu'il était à sa fenêtre et le verrait au moment de notre départ. Puis je souris en me sentant tout à fait dans la peau de Petite Théa du temps où elle avait ses deux parents avec elle. Papa et Maman ne disaient pas grand-chose, craignant trop d'aborder par mégarde un sujet épineux. Mais le silence entre eux était bienveillant, et peut-être même plus que ça. À ma grande surprise, je les sentais plutôt heureux d'être ensemble. La radio émettait une musique douce. J'étais bien.

Le premier cobaye n'habitait qu'à deux heures de route. Il s'appelait Julius Maré. Nous n'en savions pas plus, la liste ne comportant que les noms et adresses. Durant la dernière demi-heure de trajet, la qualité du silence changea. Chacun de nous trois commençait à se poser de nombreuses questions : comment allions-nous aborder ce Julius ? Que lui dire ? Quelles raisons lui donner ? Au fond, nous n'avions pas vraiment réfléchi à tout ça. Nous entrâmes dans la grande ville voisine de notre mégalopole, tout aussi illuminée et clignotante. Papa avait éteint la radio et nous traversâmes de longs boulevards peuplés d'une foule excitée par l'approche des fêtes. Nous observâmes cela en silence depuis notre propre bulle.

– Nous ne savons même pas quel âge il a, laissa tomber Maman.

– À quel âge il est bloqué, rectifiai-je.

Et je pensai soudain à ces histoires de vampires, en particulier à ce film qui m'avait procuré de délicieux frissons : *Entretien avec un vampire*[1], où une enfant mordue trop tôt est condamnée à rester petite fille pour l'éternité. Jones n'avait pas enfoncé ses crocs dans mon cou ni n'avait sucé mon sang pour se nourrir, mais c'était tout comme. Et nous

1. Adaptation par Neil Jordan d'un roman écrit par Anne Rice en 1976.

trente, cobayes, faisions partie de la même cohorte d'êtres surnaturels.

Le GPS nous mena dans un quartier résidentiel assez huppé. Maman se gara dans une avenue rutilante, sans aucun chien errant ni même un seul enfant dehors. Nous sortîmes de la voiture, saisis par un froid piquant. Je pris une profonde inspiration et stoppai devant le numéro 15, avant d'appuyer sur la sonnette d'une belle villa protégée par un très grand portail blanc.

– *Qui est-ce?* demanda une voix d'homme par l'interphone.

J'eus un instant d'hésitation.

– Dis la vérité, me chuchota mon père.

Je hochai la tête.

– Je suis Théa Torel... Vous savez...

– *Oui... Oui, je sais.*

L'interphone crépita quelques instants, puis le silence. Plusieurs secondes plus tard, les deux battants du portail s'ébranlèrent.

– *Entrez*, dit la voix.

Nous avançâmes dans une allée bordée d'arbres nus. Une grande bâtisse brune aux volets beiges se dressa devant nous. La porte s'ouvrit avant qu'on ait terminé de gravir le perron. Un homme d'une soixantaine d'années nous accueillit gravement. Il jeta un bref coup d'œil à mes parents mais reporta vite toute son attention sur moi. Il me tendit la main.

– Bonjour Théa, entre.

Bien entendu, j'étais connue comme le loup blanc, et les cobayes avaient certainement suivi mes frasques médiatiques beaucoup plus que le commun des mortels – c'était le cas de le dire. Aussi ce monsieur me traita d'emblée comme si j'étais une vieille connaissance.

Il nous conduisit, au fil de couloirs et d'escaliers aux décors épurés, jusque dans une pièce dont la lumière changea dès qu'on y entra. Les meubles semblaient provenir d'un vieux film de science-fiction. Tout était automatique, à reconnaissance thermique ou sonore.

– Je suis fan de domotique, expliqua-t-il comme pour s'excuser.

Il nous fit asseoir dans des fauteuils qui épousèrent aussitôt la forme de nos corps. La table basse devant nous s'ouvrit, présentant verres et boissons tout prêts sur un plateau.

– Vous vivez seul dans cette grande maison? voulut savoir Papa.

– Oui. Je suis un peu... solitaire, disons. Et toute cette installation est prévue pour me faciliter la vie, sans domestiques. Je déteste l'idée de domestiques...

Puis à nouveau il me regarda avec intensité.

– Je suis heureux de te rencontrer. Comment as-tu fait pour me trouver?

On lui expliqua tout. Il buvait nos paroles, très excité à l'idée que je possède la liste de nous trente.

– On ne s'est croisés, tous, qu'une fois dans le Centre de recherche, se souvint-il. Ensuite je pense qu'ils ont bien veillé à ce que nous n'ayons plus de contacts. Je me demandais toujours comment les autres vivaient l'expérience. Pour toi, Théa, on en avait une petite idée, mais c'était déformé par les médias. Tu as eu beaucoup de courage de t'exposer ainsi.

– C'était un peu par accident, quand même...

– Il n'empêche que, grâce à toi, je me suis senti moins seul, et surtout... j'ai appris pour la faille dans l'expérience. Sans toi, on n'aurait rien su... Ou seulement dans très longtemps, quand on en aurait eu assez de l'éternité.

– Vous pensez qu'on en a assez, au bout d'un moment? demandai-je.

– Je ne sais pas, Théa. Même si je suis beaucoup plus vieux que toi, je suis loin d'en avoir assez, au contraire. La fin me terrifiait, avant... Pour autant, on ne peut pas présumer de l'avenir, de qui on sera dans cent, deux cents ans, ou plus...

– Pourquoi avez-vous accepté cette expérience? demanda Maman.

– Ils m'ont contacté parce qu'ils savaient, pour mon caisson.

– Votre quoi?

– J'ai fait construire sur mesure une sorte de congélateur qui aurait accueilli mon corps à ma mort. Je souhaitais qu'il soit conservé par cryogénisation. Les progrès de la science permettraient de le ressusciter un jour ou l'autre, j'en étais persuadé. Mais le professeur Jones et son équipe m'ont proposé ce dont je rêvais avant ma mort. C'est un chercheur du Centre de cette ville qui est venu me voir, de la part de Jones. Ce dernier a très vite instauré le principe des visioconférences. Chaque semaine, je devais m'entretenir avec lui pendant une heure. Et je me rendais au Centre pour tous les examens complémentaires. Ils m'ont proposé cette expérience parce qu'ils connaissaient mon désir de contrer la mort.

– C'est ainsi qu'ils nous ont tous choisis, dis-je. Ils voulaient des gens très motivés.

– Et ils avaient raison, il faut l'être pour accepter le rôle de précurseur d'une nouvelle humanité. Parce que la difficulté n'est pas d'avoir le choix ou non de ne pas vieillir, mais c'est... de n'être qu'une poignée dans ce cas. Il n'y a pas à s'inquiéter, Théa, tu sais, dans une centaine d'années, je suis sûr que tout le monde fera le même choix que nous. Les marginaux seront ceux qui refuseront l'immortalité ou qui seront trop pauvres pour s'offrir le traitement. Et alors ils seront comme les dinosaures d'autrefois : ils mourront et seront vite oubliés, au profit d'une autre forme d'humanité, celle des immortels. Ce sera juste une sélection naturelle.

Je vis mon père frémir. Même ma mère resta pétrifiée quelques instants. Les paroles de Julius Maré sonnaient comme une prophétie glaciale. Je ne sais pas s'il sentit notre terreur, mais il continua :

– Nous n'aurons plus la nécessité de faire des enfants. Et d'ailleurs il ne le faudra plus, sous peine de surpopulation.

– Nous n'en sommes pas là, coupai-je pour diluer mon malaise.

– Oui, et c'est tout notre malheur actuel, mais seulement actuel, Théa. À l'échelle de notre vie, cette période d'adaptation sera considérée comme brève, même si au présent elle va nous paraître longue. Et sans doute douloureuse. En attendant que l'humanité accepte cette profonde métamorphose, on pourrait dire cette révolution, il va nous falloir être très patients. Nous allons être considérés comme des monstres, avant que la situation ne s'inverse.

Je regardai Papa et Maman, que je devinai emplis de perplexité. Moi non plus je ne savais que penser. Et puis cet homme ne cessait de parler d'immortalité, alors qu'on nous avait bien répété que rien n'était sûr à ce propos. Et puis si l'expérience avait déjà eu une faille, elle pouvait en avoir d'autres. Alors, immortelle, moi? Je n'arrivais pas à y croire.

– C'est pourquoi, continua-t-il, je suis heureux que tu sois venue. Et que tu aies eu l'idée de rencontrer tous les autres. Il faudra qu'on reste en contact, n'est-ce pas? Il va falloir qu'on se serre les coudes pendant un laps de temps que j'estime à... un siècle environ... Ensuite nous serons la norme.

Il voulut connaître l'identité des autres cobayes, mais on lui expliqua la promesse faite au professeur Deltaire. Il s'inclina élégamment face à cette volonté.

Nous quittâmes monsieur Maré le cœur en proie au doute et à un malaise persistant.

Maman nous conduisit ensuite vers un hôtel du centre-ville. Après son passage à l'accueil, elle tendit une clé à Papa:

– Tiens, lui dit-elle. Voici ta chambre, elle est à côté de la nôtre.

Je fus déçue: j'avais osé penser qu'ils dormiraient ensemble. Mais c'était un rêve, bien entendu. Peut-être pas, cela dit, car Papa aussi avait l'air déçu!

Nous passâmes cependant la soirée tous les trois vautrés sur le grand lit de notre chambre à Maman et moi, à manger un plateau-repas vite commandé chez le Chinois d'en bas, tout en regardant vaguement les informations en sourdine. Nous étions épuisés par la rencontre avec Julius Maré. La fenêtre donnait pile sur une décoration de Noël de la ville, qui éclairait la chambre alternativement de rouge puis de jaune, puis de rien. Rouge, jaune, rien, rouge, etc. On avait l'impression d'être en plein cœur d'une guirlande lumineuse.

– Est-ce que c'est une bonne idée? demandai-je soudain, allongée entre Papa et Maman comme au temps de mes pires crises d'Œdipe, sauf que là j'aurais bien aimé au contraire qu'Œdipe aille se faire voir.

– Je ne sais plus, murmura Papa.

– Vous croyez qu'ils sont tous aussi fous que celui-là? souffla Maman.

– Et s'il n'était pas fou? chuchotai-je encore plus doucement qu'eux.

Rouge, jaune, rien, rouge, jaune...

Rien...

CHAPITRE 23

Au cours des deux jours suivants, nous fîmes quatre cents kilomètres et rencontrâmes quatre autres cobayes. Une dame d'une trentaine d'années, mariée, deux enfants, fut celle qui nous étonna le plus. Elle s'appelait Sylvia et était standardiste. Son mari était jardinier. Lorsque nous la vîmes, elle était en congé et en pleine préparation des fêtes. Sanglée dans un tablier de cuisinière aux motifs à fleurs, elle confectionnait des biscuits à la cannelle sur la table jonchée d'emporte-pièces aux formes diverses. Nous lui demandâmes ses motivations. Elle répondit :

– Je suppose qu'ils sont venus me proposer ça parce que je donne toutes mes économies depuis longtemps pour la recherche contre le vieillissement.

– Toutes vos économies? Votre famille est d'accord?

– Bien sûr. Et ils sont très heureux que je bénéficie de ce traitement.

– Et... et votre mari? demandai-je. Il va vieillir et...

– Et pas moi, oui. Et si ça se trouve, mes enfants paraîtront plus vieux que moi dans quelques dizaines d'années. C'est possible. Mais peut-être aussi que la société va se transformer plus vite qu'on ne le pense, alors! Je suis heureuse de pouvoir faire avancer la science. Sans nous, ce serait le *statu quo*, vous ne croyez pas? Et si on ne peut pas arrêter le traitement, qu'est-ce que ça peut faire? Je n'aurais jamais voulu l'arrêter, de toute façon.

Elle souriait, parfaitement heureuse et contente d'elle.

Un homme de quarante-cinq ans nous aida à comprendre cette attitude:

– Moi, je suis architecte. Je bosse quinze heures par jour. J'ai pas le temps de réfléchir, ni de me voir vieillir ou pas vieillir. J'ai accepté cette expérience parce que j'ai très envie d'observer l'évolution urbaine à long terme. Ça me passionne de pouvoir suivre ça. Et puis on ne se rendra compte de la différence avec notre entourage que dans quoi? Dix ans? Quinze ans? On a le temps de voir venir d'ici là. Et moi ça m'amuse plutôt, cette idée d'avoir toujours l'air plus jeune que mon âge. Quelle chance! Et ceux qui s'éloigneront de moi, ce seront des jaloux. On reconnaîtra nos vrais amis, mademoiselle, vous verrez.

Atterrés, nous comprenions en silence que l'individualisme rampant de notre société pouvait très bien faire accepter ce traitement sans remords, sans s'inquiéter de la tristesse de l'entourage et de la perte d'êtres chers...

– Pourquoi est-ce que j'ai accepté ça, déjà? demandai-je soudain devant une vitrine animée de petits lutins mécaniques qui aidaient un père Noël rieur et bedonnant à préparer les cadeaux.

C'était le soir de Noël et nous avions décidé de nous promener un peu, choisir chacun ce qui nous ferait plaisir et nous l'offrir mutuellement, sous un sapin décoré du parc d'à côté.

Maman, soudain, éclata en sanglots.

– Qu'est-ce qui se passe, Rachel? s'inquiéta Papa qui la prit par les épaules.

– Tout ça est ma faute, Guillaume... Je sais que c'est ma faute. J'étais comme cette femme, Sylvia, et comme ce gars, l'architecte... Je ne pensais qu'à moi. Au fond, j'aurais aimé que ce soit à moi qu'on propose cette expérience... Oh oui, j'aurais tellement aimé... Si Théa a accepté, je sais que c'est... que d'une certaine façon c'est pour moi.

Elle était secouée de sanglots. Ses épaules tressautaient, et Papa ne savait quoi répondre. Il n'y avait rien à répondre.

– Pardonne-moi, Théa... Je ne savais pas ce que ça représentait. Je croyais que tout ça, ce serait pour ton bien. Je voulais que tu sois heureuse. Je te promets que c'était ce que je voulais. Mais j'étais aveugle sur plein d'autres choses... sur... sur... sur tout ce qui fait la vie... L'égoïsme de ces gens me saute aux yeux et moi, j'étais pareille. J'étais pire peut-être. Et c'est toi qui en es punie, Théa. Oh, ma chérie...

Je ne pus contenir mes larmes à mon tour, et Papa non plus. Nous nous enlaçâmes tous les trois, pleurant chaudement devant les lutins rouges, verts et infatigables. Les gens s'écartaient de nous, inquiets de ce débordement lacrymal. Mais ces larmes nous firent un bien fou. Les paroles de Maman n'avaient pas eu cet accent de sincérité depuis des lustres. Oui, c'était en grande partie sa faute, mais à seize ans on sait aussi un peu ce qu'on fait, normalement. Je ne pouvais pas tout faire peser sur ses épaules. J'en voulais bien davantage à Jones...

Il se mit à neiger lorsque nous nous serrâmes sur un banc sous un sapin merveilleux, en tous points semblable à ceux que l'on voit dessinés dans les contes pour enfants. Nous rîmes beaucoup en feignant la surprise au moment d'ouvrir les paquets des cadeaux que nous venions de choisir. Moi, j'avais opté pour une jolie casquette de laine blanche.

Au fil de notre périple, je m'offris différents autres vêtements et je pus constater ma nouvelle attirance pour le blanc. Je portai bientôt un manteau au blanc aussi éclatant que celui de ma casquette, avec une écharpe et des gants assortis, et même des bottes aux longs poils blancs, à la stupeur de mes parents.

Un soir que je rentrais à l'hôtel après m'être promenée seule, j'eus la bonne surprise de les trouver tous deux dans le hall, discutant étroitement. Je les sentais se rapprocher, depuis plusieurs jours, et cela me réchauffait le cœur. J'ôtai ma casquette.

– Théa... souffla Maman en me voyant arriver. Tes cheveux...

Je souris.

– Théa, qu'est-ce que ?... bafouilla mon père.

J'étais allée chez le coiffeur. Et j'avais demandé : « La coupe la plus courte possible. » « Comme cela ? » « Encore plus court... Encore. Encore. Oui, voilà. »

Et mes longues boucles brunes de petite fille avaient bientôt jonché le sol. Petite Théa me regardait dans le miroir en face de moi. Et à chaque coup de ciseaux, elle s'éloignait. Elle secouait la main jusqu'à devenir un petit point minuscule. Jusqu'à disparaître. « Au revoir », avais-je murmuré sans que personne m'entende.

Le premier effet de surprise passé, Maman me prit la main et sourit.

– Ça te va très bien, ma chérie. Ça te donne un air tellement plus serein...

Et nous reprîmes les kilomètres et les rencontres. Il y en avait de tous les âges, couleurs, cultures, milieux socioprofessionnels. Il y avait les lucides et les aveugles. Les résignés et les révoltés. Les angoissés et les exaltés... Il faut que je raconte notre visite à Tony. C'était le dix-huitième sur notre parcours. Jusqu'à présent, tous ceux que nous avions rencontrés étaient plus âgés que moi d'au moins vingt ans. Un seul d'entre eux n'avait pas trente ans, mais n'en était pas loin. Et puis il y eut Tony. Il vivait dans une région agricole, à la densité de population très faible. Nous eûmes du mal à trouver la ferme située en plein cœur de rien du tout. Enfin si, c'étaient des champs, bien entendu, et des champs de ceci ou des champs de cela. Mais pour des habitués de la ville, cela ne signifiait rien, ce n'était qu'un paysage long et plat, surtout en cette saison hivernale où tout était pelé.

Maman se gara dans une cour déserte. Quelques poules se pressaient contre un mur, sans doute à la recherche de chaleur. Nous descendîmes tous les trois comme à notre habitude. Nous nous faisions de plus en plus l'effet d'une brigade de choc : le trio qui débarquait et posait ses questions avant de repartir aussi mystérieusement. J'étais heureuse ce jour-là car j'avais vu la veille au soir Papa et Maman se tenir la main, puis s'embrasser avant de rejoindre chacun sa chambre d'hôtel. Au moins toute cette aventure aurait-elle provoqué cette belle surprise de la vie, pensais-je. Et puis j'avais rêvé de leur réconciliation depuis si longtemps... C'était donc le cœur chaud que nous arrivâmes ce matin-là dans la ferme où vivait Tony. Nous découvrîmes un mot épinglé sur la porte de la maison : *On est chez les voisins. On revient dans l'après-midi.*

Notre premier réflexe fut de tourner le regard vers l'horizon parfaitement plat, partout. La notion de voisins, ici, était très différente de chez nous.

– Tant pis, soupira Papa. On a eu beaucoup de chance jusqu'à présent de trouver les gens chez eux sans les avoir contactés avant. C'était même un miracle, si on y pense.

Ce fut alors qu'un cri de terreur déchira l'air. Nous sursautâmes tous les trois. Le cri provenait de la grange, derrière nous.

– Non, allez-vous-en ! Je te reconnais, toi ! Tu es l'Ange de la Mort ! Tu es venue me chercher !

Un jeune homme brandissait une fourche devant lui, la tendant vers moi par à-coups.

– Va-t'en ! Va-t'en ! C'est pas mon heure ! Je te jure que c'est pas mon heure !

Je compris que la blancheur de mes habits l'avait impressionné. Enfin, il devait être déjà sérieusement atteint avant ça.

– Tony ? tentai-je.

– Comment sais-tu mon nom ? Tu es venue me chercher, hein ? Mais t'es venue pour rien, je viendrai pas, j'ai ça !

Et il tendit une boîte de pilules semblables à celles que je prenais.

– Fais attention, Théa, dit Papa, il n'a pas toute sa tête.

– Tony, je ne suis pas un ange. Je suis Théa, je suis comme toi, moi aussi j'ai ces pilules, regarde.

Je sortis de la poche de mon manteau la boîte que je gardais toujours sur moi.

Il resta interdit quelques secondes, avant de baisser sa fourche. Puis il se laissa tomber à terre, accroupi, et prit sa tête entre ses mains. J'accourus et me baissai à sa hauteur.

– Qu'est-ce qui se passe, Tony ? Qu'est-ce qu'il y a ?

Il leva un beau regard brun vers moi.

– Tu es venue pour moi ?

– Oui. J'ai rencontré les autres, aussi. Tous les vingt-neuf, je vais les voir.

– Comment vont-ils ?

– Bien. Je crois... Ils vont bien.

– Ma souris aussi va bien, tu sais. J'appelle souvent le professeur Deltaire pour lui demander. Parfois elle m'envoie des vidéos d'elle. Elle va bien.

– Oui, c'est pareil pour la mienne...

– Mais elle n'est plus avec les autres, la tienne, pas vrai? Tu l'as emmenée avec toi? Elle s'ennuie pas? Elle a pas envie de crever, des fois?

Je frissonnai.

– Non... Quel âge tu as?

Le tutoiement m'était tout naturel avec lui.

– J'ai vingt ans.

Papa et Maman s'étaient approchés.

– Jeune homme, vous grelottez. Vos parents ne sont pas là mais... vous pourriez peut-être nous faire entrer à l'intérieur. On a tous froid...

Dans la chaleur de la cuisine, Tony recouvra à peu près ses esprits et put répondre à nos questions. J'étais très étonnée de trouver l'un des cobayes dans cet état car je me souvenais des précautions immenses prises par l'équipe du Centre de recherche pour s'assurer de mon équilibre et de ma force psychologiques. Mais peut-être avaient-ils fait aussi attention à moi parce que j'étais mineure. Quoi qu'il en soit, ils n'avaient certainement pas testé suffisamment Tony.

– Ils sont venus me trouver un week-end. J'étais sur mon ordi, comme souvent. C'est d'ailleurs comme ça qu'ils m'ont choisi. Ils savent tout, tu le sais, ça? Ils savent tout ce que tu fais sur le réseau, ils nous surveillent... Et moi, ils avaient vu que je consultais tous ces sites sur la vie éternelle, l'arrêt du vieillissement, la mort, enfin tout ce qui me tracasse... Tu sais, depuis tout petit j'en fais des cauchemars. J'ai si peur... Alors tu parles, j'ai sauté de joie quand ils m'ont proposé ça. Vraiment, j'étais heureux!

Il laissa passer un silence. Son regard errait d'un côté à l'autre de la pièce, comme s'il suivait le parcours d'un ange. Puis il reprit :

– Sauf que depuis, c'est pire.

– Qu'est-ce qui est pire ? demanda Maman.

Il ouvrit de grands yeux.

– La mort ! Elle est encore plus présente, la mort, vous comprenez ? Elle guette. Elle sait qu'elle m'aura pas à l'usure, alors elle essaie de m'avoir autrement. Elle m'attend à chaque tournant, à chaque seconde. Mais moi je fais gaffe. Ah oui, je fais gaffe. Je suis tout le temps sur le qui-vive, alors elle m'aura pas comme ça...

J'étais terrifiée. Dire que Jones m'avait soutenu les yeux dans les yeux que tous les cobayes se portaient bien !... Celui-là en avait perdu la raison...

Nous nous décidâmes à le quitter. Nous ne pouvions rien faire pour lui. Mais au moment où j'allais monter en voiture, il se précipita vers moi et retint la portière.

– Emmène-moi, supplia-t-il.

– Mais c'est que...

– Emmène-moi, on serait au moins deux. Tu comprends ? À deux, on serait plus forts. Tu vois ce que je veux dire ?

On refusa, bien sûr. Pourtant, sur le trajet que nous parcourions dans un silence pesant, ses paroles firent leur chemin en moi. Une idée commençait à germer...

CHAPITRE 24

Nous résolûmes de passer un Nouvel An joyeux mais original. Alors Papa alla acheter une boîte de foie gras, du pain, du champagne, et nous grimpâmes en voiture tout en haut d'une colline qui surplombait une ville du Nord presque aussi grande que notre mégalopole. Bien au chaud dans l'habitacle, les lumières de la ville s'étalant devant nous, protégés par la voûte d'étoiles brillantes, nous bûmes, nous nous régalâmes, nous racontâmes des blagues avant de rire aux éclats. À l'heure dite, nous fîmes silence et retînmes notre souffle pendant que toutes les horloges à nos pieds faisaient sonner leurs douze coups. Et au-dessus de la liesse urbaine, nous nous embrassâmes avec émotion. Papa et Maman, comme si je n'étais pas là, s'embrassèrent sur la bouche. Je sortis dans le froid pour les laisser seuls, mais l'air vif était agréable, les éléments me semblaient bienveillants autour de moi, et je n'avais jamais passé de si merveilleux Nouvel An.

Notre voyage touchait à sa fin. Nous rencontrâmes le dernier cobaye le 5 janvier et rentrâmes enfin chez Maman à la nuit tombée, hyper contents de retrouver nos pénates. Je regardai avec émotion mes deux parents se diriger ensemble vers la même chambre. Cela me réchauffait le cœur. Jamais je ne les avais vus aussi heureux.

Moi je rejoignis la mienne, de chambre, en veillant bien à ne pas allumer la lumière. La fenêtre de Théo, en face, était éclairée. Il était là, tout près. Il respirait tout près. Il valait mieux ne pas y penser...

Le lendemain, ma décision était prise et je l'exposai à Papa et Maman qui m'écoutèrent gravement.

– Nous comprenons, Théa. Encore une fois, nous ferons tout pour t'aider.

Je comprenais aussi que c'était leur alliance pour mon bonheur qui leur avait fait retrouver leur amour mutuel. Alors je souris et n'hésitai pas à accepter leur aide.

Pour commencer, Maman dut prendre enfin une décision qu'elle avait jusqu'alors estimée impensable : quitter sa ville chérie et venir vivre à Portbrise. Mais cette aventure lui avait fait voir les choses de manière différente et elle était désormais tout à fait prête pour cette nouvelle vie. Et surtout, pour vivre avec Papa. Le déménagement complet se ferait plus tard mais, dès la semaine suivante, nous fûmes trois cette fois à prendre le bateau, et je pensai très fort à Petite Théa, qui aurait été tellement heureuse de vivre un tel moment. Mais Petite Théa n'était plus, et c'était moi, la Théa de ce jour-là, qui avais le cœur gonflé de joie.

Je retrouvai Rosalie avec bonheur. Elle m'avait manqué, cette souris! Elle était en bonne santé, même si elle semblait toujours se languir à force de solitude...

Puis nous nous mîmes tout de suite au travail. C'était un gros chantier, mais on ne s'y attela pas seuls, heureusement. Papa employa un architecte et toute une équipe d'artisans.

Peu à peu, non loin de la maisonnette de Papa s'éleva un chalet tout en bois tourné vers la mer, avec une grande salle commune au rez-de-chaussée, munie d'une cheminée (j'avais insisté là-dessus). Une vaste cuisine, une bibliothèque, des salles de bains et... trente chambres.

J'envoyai à chacune des vingt-neuf personnes rencontrées le même petit mot:

Bonjour,

Je suis très heureuse d'avoir pu vous voir, vous parler... Ça m'a fait du bien. Certains d'entre vous n'ont pas (encore) l'air d'en avoir besoin, ou vont peut-être trouver l'idée bizarre, mais plusieurs ont aussi émis le désir de se regrouper. Alors que tout le monde autour de nous va vieillir, on sera sans doute rassurés d'être entre nous. Pas tout seuls. J'ai la solution. Voici ce que je vous propose...

*

* *

Bien sûr, le premier à débarquer fut Tony. Il paraissait toujours aussi déséquilibré et mes parents le surveillaient attentivement. Mais il passait beaucoup de temps à observer la mer, accroupi au bord de la falaise, et cela semblait le calmer. Moi je dormais toujours dans ma chambre, chez Papa. Il n'empêche que je n'étais pas rassurée à l'idée de côtoyer un fou pour l'éternité. J'espérais très fort qu'il en arriverait d'autres.

Et ils arrivèrent, en effet.

Le second fut Julius Maré, ce qui nous étonna beaucoup, étant donné sa propension à la solitude. Mais face à l'éternité elle lui semblait désormais trop grande. Il s'installa avec bonheur dans l'une des chambres du chalet. Son arrivée fut une bénédiction aussi sur le plan financier car toutes les économies de Papa étaient passées dans les travaux. Nous avions convenu que chacun devait participer financièrement à la vie en commun, à la mesure de ses moyens. Ceux de Julius Maré nous aidèrent à supporter ses accès de mauvaise humeur et ses caprices lorsqu'il trouvait que l'installation manquait de confort.

Entre-temps, un autre cobaye, le plus jeune après Tony, décida de bafouer la charte de confidentialité et de s'exposer dans les médias, désireux de suivre mon exemple. Il avait vingt-trois ans et s'appelait César. Comme en plus il était beau, il connut une gloire fulgurante. Mais éphémère. On a beau être éternel, l'appétit des médias n'en est pas moins féroce et changeant. César fut *has been* à vingt-quatre ans, qu'il en paraisse vingt-trois ou pas. Et il ne tarda pas à nous rejoindre.

Il faut tout de même que je dise qu'il s'établit d'emblée entre César et moi une grande complicité et que nous vécûmes une belle histoire d'amour. Elle dura quelques heureuses années. Désormais, nous sommes davantage des amis, et il reste une personne importante dans ma vie. Heureusement qu'il est là. Il est très important pour moi : un soutien, une épaule, une oreille. Un ami, oui.

Ils finirent par tous venir, peu à peu. Même Sylvia, lorsque sa première fille mit au monde un fils et refusa de le lui montrer. D'après elle, avoir une grand-mère qui ne vieillirait pas empêcherait l'enfant de bien construire sa perception du temps. Sylvia fit une dépression, suivit une psychothérapie, avant de choisir Portbrise. Chacun d'entre nous trouva le moyen de gagner sa vie tout en restant sur l'île, sauf Tony que nous décidâmes d'un commun accord de prendre en charge. De nombreux métiers pouvaient s'exercer à distance, et ce ne fut pas difficile. Pour ma part, je rejoignis assez rapidement la scène médiatique, mais par un biais que j'entendais maîtriser. Après avoir poursuivi des études de lettres, que je continue d'ailleurs encore aujourd'hui car on n'a jamais fini d'apprendre, je suis devenue écrivaine. La critique loue mon style unique, qui mêle la spontanéité de la jeunesse avec la maturité des idées. En fait, il est à mon image, moi qui n'ai grandi qu'à moitié.

Oui, on n'a jamais fini d'apprendre mais je me pose une nouvelle question : notre cerveau est conçu pour mémoriser les apprentissages d'une vie humaine, qu'en sera-t-il pour une vie plusieurs fois centenaire ? Combien d'informations va pouvoir encore stocker mon cerveau ? Trouvera-t-on le moyen d'en accroître l'espace mémoire? Est-ce que j'oublierai complètement ce que je suis en train de vivre au profit d'expériences plus récentes? Autant d'interrogations sans réponse... Évidemment, c'est une source d'angoisse. Écrire est pour moi le moyen de garder la mémoire de ces années...

Papa et Maman ont désormais de très jolies rides, des cheveux comme des fils d'argent, et marchent voûtés. Je les trouve superbes, surtout lorsque je les observe tous deux face aux vagues immenses comme celles qu'ils ont dû surmonter tout au long de leur vie. Ce sont ces vagues qui ont modelé leur corps, leur visage, comme Papa modèle ses statuettes. Et c'est cela qui est beau.

Nous trente n'avons pas changé. Jones nous envoie nos médicaments avec une belle constance. Il nous a promis qu'il ferait tout pour que cela continue après sa mort. Oui, car lui avait décidé de vieillir et de s'éteindre... *No comment*... Le remède pour ne pas mourir à l'arrêt du traitement n'a toujours pas été trouvé, et ce dernier n'a toujours pas été commercialisé.

Nous avons réussi à faire venir les vingt-neuf autres souris de laboratoire, et Rosalie a enfin retrouvé goût à la vie. Dans la salle commune du chalet, une immense caisse de plexiglas chargée d'accessoires colorés permet aux trente souris d'évoluer avec bonheur.

Zoé s'est finalement mariée avec Mike. Elle a deux beaux enfants déjà grands. Ils viennent souvent me rendre visite, et c'est un réel bonheur.

Théo aussi s'est marié... deux fois. Il a aussi divorcé deux fois et il a eu une fille, qu'il a nommée Marie.

Si j'ai décidé d'écrire mon histoire, c'est aussi pour Marie. Je ne l'ai jamais rencontrée. Je n'ai eu de nouvelles de Théo que par Zoé. Je n'ai pas revu mon amoureux d'enfance depuis ce jour où Zoé avait cru bon de l'inviter au café. Je n'ai jamais cédé à la tentation de le contacter. Et lui non plus... J'ai longtemps vécu le cœur brisé, puis je m'y suis faite. On se fait à tout. Le temps permet tout, c'est ce qu'on apprend en premier, dans ma situation. On apprend qu'au fond absolument rien n'est éternel. Pour Marie, donc, j'ai écrit, et pour tous les enfants de sa génération et pour ceux qui suivront, je l'espère. Pour qu'ils ne fassent pas les erreurs que j'ai faites. Pour qu'ils puissent aimer comme il faut.

En êtres humains.

*

* *

Je pensais terminer mon histoire par ces mots, mais... voilà ce qui est arrivé.

Aujourd'hui, nous sommes le 3 avril et je fête mes cinquante ans. Oui, bien sûr, j'en parais toujours seize. Et Maman est venue m'apporter tout à l'heure un carton arrivé par le bateau. Aucune indication de la provenance. Il avait sans doute été déposé directement, sans passer par la poste. Je l'ai ouvert ici, sur la falaise où j'ai écrit toutes ces journées d'affilée, munie de ma tablette numérique, en écoutant la mer... Et ce que j'y ai d'abord vu, à l'intérieur, c'est une multitude de petites boules rouges.

Des baies de pyracantha.

Je les ai fait couler entre mes doigts.

Sous les baies, j'ai découvert une liasse de lettres. Des centaines de lettres. Des lettres à l'ancienne, sur du vrai papier, écrites à la main. À l'arrière de chaque enveloppe était inscrite une date. La toute première avait été rédigée il y a trente-quatre ans, et la dernière, avant-hier.

Impatiente comme toujours, j'ai ouvert la première lettre, puis la dernière.

Et j'ai pleuré.

Non, le temps n'efface pas tout.

Les deux lettres commençaient de la même façon :

Mon amour,

...

Postface

L'homme cherche à passer le plus de temps possible sur sa planète, auprès de tout ce qu'il chérit : s'il vit, c'est d'abord pour ça ! Il a en conséquence développé la médecine, pour éviter de se laisser emporter par une maladie. Ainsi, à chaque siècle, l'espérance de vie s'est allongée.

Vivre longtemps, oui, mais les plus exigeants aimeraient de surcroît rester jeunes ! Depuis le siècle dernier seulement on se préoccupe de ce nouveau désir, par exemple en rectifiant l'apparence de la peau, en atténuant nos rides ou en régénérant nos cheveux. La chirurgie esthétique s'est beaucoup développée. Et certains en abusent, comme la mère de Théa. Mais ces procédés trouvent bien vite leurs limites, puisque le vieillissement continue quoi qu'il en soit.

Pour repousser ces limites, la science se penche sur ce qui se passe à l'intérieur de notre corps, afin de ralentir le vieillissement et peut-être même repousser l'heure de notre mort. On peut désormais croire à l'immortalité comme absence de mort physique. Il se pourrait bien qu'un jour nous puissions devenir immortels...

C'est ce qu'affirme Raymond Kurzweil, un théoricien du transhumanisme. En bref, les transhumanistes voudraient modifier la condition humaine car ils considèrent que les handicaps tels que la maladie, la souffrance, le vieillissement et la mort sont des faits de la vie « inutiles et indésirables ». Le rêve de Kurzweil est d'atteindre l'immortalité (ou une espérance de prolongation de vie se multipliant par dix, voire cent).

Les scientifiques qui se penchent abondamment sur le sujet suivent de nombreuses pistes. Récemment, des chercheurs de Montpellier ont réussi à introduire six gènes dans l'ADN de vieilles cellules pour leur donner les caractéristiques de cellules souches embryonnaires: on peut d'ores et déjà réparer des organes ou des tissus chez des personnes âgées... D'autres voies sont ouvertes, telles que celles des organes assistés, du nettoyage robotisé de l'organisme, de la création de bactéries qui aideront nos cellules, nos anticorps... et puis il y a la piste de la régénération des télomères.

Le prix Nobel de médecine de 2009 a été attribué à des Américains qui ont procédé à des recherches sur les télomères.

Placés à l'extrémité des chromosomes, les télomères sont produits durant le développement embryonnaire. Ce sont de courtes séquences d'ADN répétées plusieurs milliers de fois. Ils prolongent les chromosomes et leur assurent une protection contre les effets du temps et de l'environnement. À force de se diviser, le télomère devient si court que la cellule ne peut plus se diviser et meurt. Les chercheurs ont trouvé comment remédier à cela en injectant de la télomérase dans le corps humain. Naturellement présente dans l'organisme, cette enzyme, dite protéine du vieillissement, a pour rôle de réparer les télomères.

Le problème à l'heure actuelle est que la télomérase joue aussi un rôle déterminant dans la cancérisation des cellules. Les cellules cancéreuses synthétisent la télomérase et continuent à se développer à l'infini.

Les nanotechnologies pourraient jouer là un rôle considérable.

Du fait de leur taille infiniment petite, les nanorobots sont porteurs de grands espoirs en matière de lutte contre le cancer, dans la mesure où ils sont susceptibles d'atteindre et de traiter des zones théoriquement inaccessibles de l'extérieur.

Pour l'instant, en raison de leur méconnaissance des nombreux mécanismes inhérents aux nanotechnologies, les scientifiques et les médecins font preuve de la plus grande retenue, les risques de prolifération et de toxicité étant réévalués quasi quotidiennement.

Mais le jour où ces risques seront maîtrisés n'approche-t-il pas? Ou bien une autre piste, comme celle des cellules âgées reprogrammées en cellules souches, ne va-t-elle pas s'avérer rapidement encore plus fiable?

J'ai imaginé dans ce roman qu'on en était arrivé là. Et alors, l'immortalité serait possible... Mais est-elle souhaitable?

L'histoire de Théa permet d'y réfléchir.

Florence Hinckel, mars 2012

Sources :

http://www2.cnrs.fr/presse/communique/1751.htm

http://www2.cnrs.fr/presse/communique/2335.htm

http://tpelavie.free.fr

http://www.abstrait-concret.com/2009/11/12/limmortalite-scientifiquement-envisageable-dici-20-ans-seulement-pour-les-riches/

http://www.come4news.com/limmortalite-probable-des-humains-8794

Table

L'auteur

Florence Hinckel est née en 1973. «Enfant du milieu» d'une famille de quatre, elle se réfugiait dans son journal intime qu'elle a commencé à tenir dès onze ans. Elle lisait aussi beaucoup, et inventait des histoires. Elle rêvait d'être écrivain, ou bien ingénieur en aéronautique. Elle a écrit son premier roman à dix ans. C'était un roman d'aventures, qui menait ses héros en plein cœur de la forêt amazonienne. Mais elle adorait aussi les mathématiques et les nouvelles technologies. Ses goûts éclectiques lui ont posé de sérieux problèmes d'orientation! Elle a choisi des études d'informatique. Attirée également par l'enseignement, elle est finalement devenue professeure des écoles. Elle a enseigné principalement à Marseille, mais aussi en Guadeloupe et en Guyane (pour vérifier que la forêt amazonienne ressemblait aux descriptions de son tout premier roman). Après la naissance de sa fille, elle a renoué avec l'écriture, et a publié son premier roman pour enfants, un polar, en 2003. Depuis, elle a eu un petit garçon, et a écrit de nombreux romans jeunesse (dont *L'été où je suis né*, en 2011, dans la collection «Scripto» chez Gallimard). Pour enfants ou adolescents, elle aime explorer tous les genres. Aujourd'hui, elle a l'immense bonheur d'être écrivain à plein temps. Slog: http://florencehinckel.com

L'arche des derniers jours
Éric Simard

La Terre, 2109. Un effroyable conflit planétaire a décimé presque toutes les espèces vivantes et provoqué des mutations génétiques.

Des enfants aux pouvoirs étranges se sont réfugiés dans la jungle, auprès des rares animaux ayant survécu. Chaque adomutant a son propre «amimal», qui lui correspond étrangement. Ainsi, Iza et Louve, Lyan et Cerf, Shaona et Aigle, Mynor et Taureau, Youn et Dauphin vivent-ils paisiblement sur une côte sauvage du sud de l'Inde. Mais des hommes armés accostent, recherchant frénétiquement les jeunes êtres. Terrés dans la mangrove, les adolescents se préparent à riposter farouchement. Ils ignorent que des scientifiques de l'Arche des derniers jours, un inquiétant laboratoire caché au cœur des îles des Cyclades, projettent de les capturer afin de pouvoir les étudier...

Une histoire fabuleuse aux couleurs de la mythologie. Un combat âpre pour la liberté, un roman bouleversant sur les liens mystérieux qui unissent l'homme à l'animal, un conte cruel sur les dérives de la science.

«Un excellent roman d'anticipation qui mêle aventure et lyrisme.»

(Anne Fakhouri – ActuSF http://www.actusf.com)

Les clefs de Babel
Carina Rozenfeld

Liram vit chez les Aériens, dans les plus hauts étages de la tour de Babel où se sont réfugiés les hommes depuis que le Grand Nuage a empoisonné la Terre, il y a mille ans. Suite à un drame – ses parents sont assassinés –, Liram doit abandonner son univers douillet pour fuir dans les étages inférieurs, peuplés par ceux que les Aériens ont repoussés vers le bas dix siècles plus tôt, avant de condamner toutes les issues...

Lors de sa descente dans ce monde sordide, hanté par des mutants et ravagé par la misère, il rencontrera quatre adolescents marqués d'un mystérieux tatouage et dotés de pouvoirs étranges. Liram comprendra alors qu'il est lui-même porteur d'un destin exceptionnel, très lourd pour ses jeunes épaules. Heureusement, il n'est pas seul...

Une quête haletante à l'écriture rythmée et aux multiples rebondissements, dans un angoissant univers post-apocalyptique. Mais aussi un précieux message d'espoir et de tolérance.

« L'auteur a un véritable don de conteuse qui nous emporte dans un monde apocalyptique et nous renvoie aux dérives du nôtre autant qu'à sa beauté unique qu'il faudrait préserver. »
(Livralire – http://www.livralire.org/)

Prix d'Onet à lire 2010 (Aveyron)
Prix du jeune poisson 2010 (à Pithiviers)
Prix Adolire 2011 de Meylan (Isère)
Prix Page à Page 2011 de la ville de Meudon
Prix des Incorruptibles 2010-2011
Prix Lire, Élire 2011 (Gironde)
Prix littéraire du Giennois 2011 (jeunes ados)
Prix des Jeunes Lecteurs du Nord-Isère 2011

ÉdeN en sursis
Jeanne-A Debats

Quelle surprise pour Cléone – capitaine, malgré ses quinze ans, du vaisseau le *Quetzal* – de découvrir que la météorite qui a déchiré sa voile solaire est en fait une capsule de survie! À l'intérieur gît un beau jeune homme gravement blessé... Contre toute attente, l'Intelligence Artificielle du *Quetzal* s'oppose résolument au sauvetage et enjoint Cléone d'abandonner l'inconnu dans l'espace. Car l'IA a reconnu, gravé sur la capsule, le logo de la terrifiante multispatiale DeltaGen... Cléone s'empresse de désobéir à cet ordre cruel. C'est pour elle le début d'une expédition pleine de dangers qui la mènera sur ÉdeN la sauvage, une planète récemment découverte, protégée de toute atteinte à son environnement par son statut «écol», mais qui excite les appétits de la peu scrupuleuse DeltaGen.

Un roman d'aventure riche en péripéties et pétillant d'humour, dont l'action se passe sur une planète étrange et fascinante. Mais aussi un message écologique clair : face à la cupidité de certaines multinationales, notre Terre est en sursis !

«Un vrai roman de science-fiction, d'aventures, d'amour et de suspense!»
(http://www.choisirunlivre.com)

Le mensonge dans les veines
Michaël Espinosa

Diane est une adolescente ordinaire. Bonne élève, entourée de parents aimants et d'un petit ami attentionné, elle vit une existence sans histoires. Mais suite à plusieurs malaises et à des accès de violence inexplicables, elle subit une série d'examens médicaux qui vont faire basculer sa vie. Elle se découvre d'inquiétants pouvoirs... qui intéressent dangereusement les Forces Fédérales de Sécurité (FFS) et la Police Secrète Religieuse (PSR). Il ne lui reste plus qu'une solution : fuir, comme une bête traquée. Quel monstre est-elle devenue?

Un thriller futuriste au rythme haletant qui ne laisse aucun répit au lecteur et le touche dans ce qu'il a de plus intime, son corps.

« Un livre mené à cent à l'heure, une héroïne aux super-pouvoirs qui emportera l'adhésion des adolescents, une interrogation sous-jacente sur le progrès et ses conséquences, voilà un cocktail à conseiller dès 12 ans pour s'évader et vivre (par procuration) des aventures haletantes. »
(François Schnebelen – http://www.yozone.fr/)

PRIX ADOS DU FESTIVAL MIDI-PYRÉNÉES 2012

La ballade de Trash

Jeanne-A Debats

Début XXIIe siècle, région parisienne. Dans des banlieues en ruine ravagées par le bouleversement climatique et la crise économique, des bandes de jeunes errent, tandis que les nantis se sont réfugiés dans un Paris protégé par une gigantesque Bulle transparente.

Trash est une jeune fille de dix-huit ans. Avec l'aide de Junk, un colosse aux mains d'or, elle a réussi à créer dans les décombres un refuge où elle recueille des adolescents à la dérive, allumant ainsi avec son gang, les « Tramps », une lueur d'utopie dans un monde en décomposition.

Lorsque Markus, le chef des gangboys parisiens, propose que toutes les bandes de la région se réunissent dans le Réservoir souterrain du parc Montsouris pour discuter d'une trêve, Trash, Junk et leurs amis décident de répondre à son appel...

Une odyssée terrifiante dans les bas-fonds d'une société post-apocalyptique, si proche de la nôtre pourtant, un roman mémorable porté par une héroïne d'exception.

« Après un space opera remarqué, ÉdeN en sursis, *Jeanne-A Debats signe son deuxième roman pour adolescents dans lequel elle installe une atmosphère beaucoup plus dure, délétère et sauvage, qui offre peu d'espoirs et de raisons de croire encore à l'humain. Les Tramps sont, heureusement, une bonne raison d'y croire encore. Ils sont comme une oasis d'humanité dans un monde sauvage, portés par Trash, personnage magnifique rongé par le doute, le passé et la maladie, qui lutte jusqu'au bout pour les valeurs auxquelles elle croit et qu'elle transmet à ceux de sa bande. »*

(Catherine Gentile – http://www.ricochet-jeunes.org/)

***Le Signe de K1*, tome 1 : « Le Protocole de Nod »**
Claire Gratias

Début du XXIVe siècle. Le niveau des eaux a considérablement monté à la surface du globe. Réduite à une dizaine de milliers d'habitants, la population de la Terre s'est réfugiée dans les Hauts Monts du Karakoram. Alors que l'humanité menace d'être emportée par un nouveau Déluge, vingt-deux Pionniers et leurs familles sont enrôlés pour un voyage dans le temps qui les ramènera en 2020. Kane Adamsohn, sa femme Lilian et leurs deux enfants, Kali et Tsilla, font partie de ces volontaires qui ont accepté de s'intégrer discrètement à la population pour préparer l'exode des survivants. Nom de code de la mission : « Le Protocole de Nod ».

Un roman d'aventure digne des plus grandes épopées futuristes, où se mêlent subtilement voyage dans le temps, pouvoirs paranormaux, manipulation politique et amour fou...

« *Des réfugiés du futur qui débarquent en 2020. Des enfants mutants... Claire Gratias se frotte à la science-fiction. Avec bonheur ! Une fresque futuriste. Une critique bien vue de notre société. Une folle histoire d'amour... Plaçez-vous vite sous le signe de K1.* »

(*Je Bouquine*)

PRIX D'ONET À LIRE 2011 (Aveyron)

Le bout du monde
Loïc Le Borgne

Nash est un adolescent rebelle qui s'ennuie à Oméga, une ville morne et sécurisée, dominée par le virtuel. Il accumule les provocations jusqu'au moment où il dépasse la ligne rouge. Il est alors condamné à effectuer des travaux d'intérêt public avec les Explos, sur le monde sauvage de Toy. Une chance en réalité pour ce jeune qui rêve d'aventure et d'évasion... Mais le vaisseau s'écrase sur la planète avant d'avoir pu envoyer un signal de détresse, et Nash est le seul survivant. Recueilli par Burril, un rude montagnard, il n'a d'autre choix que d'adopter le mode de vie des autochtones. Alors que des contrebandiers menacent les villageois, il ne va pas tarder à comprendre que ce « bout du monde » cache un incroyable secret...

Un stupéfiant roman d'anticipation humaniste, où les univers quantiques rejoignent les légendes aborigènes et *Le Bateau ivre* d'Arthur Rimbaud...

« *Beaucoup d'humanisme dans ce roman à la construction originale puisqu'une entité s'adresse directement au lecteur, l'invectivant régulièrement au fil des chapitres. Un livre qui se lit d'une traite, avant de laisser place à une réflexion plus profonde : notre survie se trouve-t-elle réellement dans la course au progrès ?* »

(Coup de cœur de la librairie *Du vent dans les pages*)

***Le Signe de K1*, tome 2 : « Le Temps des *TsahDiks* »**
Claire Gratias

Début 2021, sud-ouest de la France. Alors que l'épidémie baptisée ABEL syndrome perd enfin du terrain, la population fait face à une inexplicable vague de violence. De son côté, le Pionnier Kane Adamsohn réalise qu'il a été manipulé par le président Tubal-K et se refuse désormais à obéir aveuglément. Il ignore encore que d'autres hommes venus du futur et issus des Communautés Associées K2 et K3, les *TsahDiks*, ont mis en place une organisation secrète visant à contrer le fameux Protocole. Pour cela, ils doivent retrouver au plus vite « l'Ancêtre », celui qui est à l'origine de leur lignée, et le protéger. Car les Pionniers sont eux-mêmes à la recherche de cet homme, avec une seule idée en tête : le tuer.

Mais on ne joue pas impunément avec le temps...

Suite et fin de l'épopée futuriste de Claire Gratias : une variation spectaculaire sur le thème du voyage dans le temps, où pouvoirs paranormaux, manipulation politique et amour fou se mêlent en un thriller haletant.

« Claire Gratias nous met dans tellement de chaussures à la fois, que nous ne pouvons qu'assister à ce piège qui se resserre autour de tous les personnages. Car chacun a son importance dans le drame qui se déroule sous nos yeux, ou plutôt entre nos mains impuissantes. Et la conclusion est à la hauteur de nos attentes avec un excellent retournement final. »

(Michael Espinosa – Ricochet)

Imago
Nathalie Le Gendre

Depuis un mystérieux cataclysme, le peuple K'awil vit retiré du monde, au cœur d'une montagne tout en labyrinthes et en jeux de lumière, protégé des regards par une jungle luxuriante. Dans cette société composée de sept clans aux prérogatives bien définies, ce sont les femmes qui règnent en maîtres.

Parce que sa sœur vient de mourir, tuée par un K'tioni, monstrueux tigre aux dents de sabre, la jeune Neï se voit investie d'une lourde mission : c'est à elle qu'il revient de prendre en charge le bébé de sa sœur, une petite fille tout juste née, et, surtout, elle est désormais pressentie pour devenir la chef du clan des armuriers. Alors qu'elle s'apprête à passer son imago, le rite de passage des K'awils pour devenir adulte, Neï découvre que les T'surs, les hommes blancs, se sont introduits sur le territoire de son peuple, rompant un pacte conclu des décennies plus tôt.

Un envoûtant roman d'apprentissage basé sur les rites initiatiques des Mayas, faisant appel aux pouvoirs, souvent magiques, des shamans. Un univers exotique et mystérieux peuplé de créatures étranges. Une héroïne éprise de liberté face à son destin.

« Ce roman d'anticipation ensorcelant embarque le lecteur au sein d'une communauté exotique, qui vit en accord avec la nature. Nathalie Le Gendre, aguerrie au genre de la science-fiction, campe une héroïne qui impressionne par son désir de justice et de liberté, dont le tempérament n'est pas sans rappeler celui des créatures de Pierre Bottero. Un beau texte sur le passage à l'âge adulte. »

(Nathalie Riché – Lire)

La fille de mes rêves
Christophe Lambert et Sam VanSteen

Real Dream est un espace virtuel de rencontres auquel on accède par le rêve, grâce à un avatar modelé à votre image. Lycéen le jour, Kamel Touzani est gardien de nuit dans l'entreprise qui commercialise *Real Dream*. Le jeune homme n'a rien d'un apollon, mais il compte bien profiter de la Dreambox qui lui a été offerte... Il ne tarde pas à sympathiser avec Marc Herpoux, un séduisant cadre quadragénaire, et, par jeu, tous deux échangent leurs avatars. C'est donc sous les traits avantageux de Marc que Kamel va approcher Lara Rastelli, la sublime remplaçante de sa prof de français. Et ça marche ! Mais l'euphorie est de courte durée car un bug mortel hante *Real Dream*. Et lorsque la mort vient frapper dans la réalité, le scénario romantique imaginé par Kamel vire franchement au cauchemar.

Une comédie irrésistible, riche en quiproquos savoureux. Un thriller haletant où l'imbrication des vies réelle et virtuelle donne le vertige.

« Faut-il rêver sa vie plutôt que la subir, ou la vivre ? Telles sont les questions auxquelles s'intéressent Christophe Lambert et Sam VanSteen dans ce roman au rythme haletant et aux dialogues très percutants. Ils nous offrent ici un roman qui mêle habilement science-fiction et thriller, ponctué de notes d'humour et de références littéraires. »

(Catherine Gentile – Ricochet)

Des yeux dans le ciel
Jean-Marc Ligny

La Terre, quelques siècles après les Âges Sombres. Violette et Jasmin vivent dans une société pastorale, dévouée tout entière au culte de Mère-Nature. Leur destin bascule le jour où Jasmin, attaqué par une panthère, est sauvé par un homme vêtu d'argent qui prétend être tombé du ciel ! Banni pour avoir échappé à la volonté de Mère-Nature, Jasmin, accompagné de son amie Violette, va suivre ce mystérieux visiteur venu de l'espace. Un périple qui les mènera sur la planète Mars où une société hyper-technologique s'est développée. Grâce aux « yeux » de leurs satellites, les Martiens observent l'évolution de la Terre en évitant tout contact avec les autochtones...

Un roman d'initiation qui met en scène deux civilisations que tout oppose, par un maître de la science-fiction.

« Un très bon roman de science-fiction. Le dernier de la collection "Soon" des éditions Syros. Plus je la découvre, plus j'aime cette collection ! »

(http://leslecturesdekik.blogspot.fr/)

DÉCOUVREZ AUSSI CHEZ SYROS
(Hors-série)

MÉTO

***La Maison* – tome 1**
Yves Grevet

Soixante-quatre enfants vivent coupés du monde, dans une grande maison à l'organisation très stricte. Chacun d'eux sait qu'il devra en partir lorsqu'il aura trop grandi. Mais qu'y a-t-il après la Maison?...

Prix des collégiens du Doubs 2008
Prix Tam-Tam Je Bouquine 2008
Prix jeunesse de la ville d'Orly 2009
Prix Enfantaisie 2009 (Suisse)
Prix Ruralivres en Pas-de-Calais 2008/2009
Le Roseau d'or 2009 (44)
Prix Gragnotte 2009 de la ville de Narbonne
Prix Chasseurs d'histoires 2009 de la ville de Bagneux
Prix des Dévoreurs de livres 2010 (27)
Prix Frissons du Vercors 2010
Prix Bouqu'en Stock 2010 (académie de Rouen)
Prix des lecteurs ados de Concarneau et Quimperlé 2010

«Ce premier tome d'une trilogie d'anticipation navigue entre l'atmosphère des films de Costa-Gavras et l'univers de Sa Majesté des Mouches, *suscitant parfois un délicieux malaise.* (...) *L'auteur révèle la face cachée de l'âme humaine face à l'apprentissage de la liberté. Magnifique.»*
(Marie Rogatien – *Le Figaro Magazine*)

MÉTO

***L'Île* – tome 2**

Yves Grevet

Méto et ses camarades ont enfin franchi les portes de la Maison, livrant un combat terrible pour leur liberté. Mais Méto est grièvement blessé lors de la bataille... Lorsqu'il se réveille, il se rend compte que ses paupières ont été collées et qu'il est entravé à un lit. Où est-il? Et ses amis, sont-ils encore en vie?...

«À découvrir d'urgence tant l'univers de ces romans est étrange et passionnant.»

(*D Lire*)

MÉTO

***Le Monde* – tome 3**

Yves Grevet

De retour à la Maison, Méto est séparé de ses proches et désigné aux yeux de tous comme le «traître». Mais les César le conduisent bientôt dans une partie de la grande demeure tenue secrète et réservée aux membres du groupe E, une élite chargée d'effectuer des missions sur le continent...

«L'ambivalence permanente entre les droits et les devoirs de chacun, entre la vérité qui peut mener à la souffrance et la facilité du mensonge, fait osciller notre héros qui a du mal à garder le cap. Yves Grevet signe là un formidable texte à la construction narrative osée et dans laquelle tout fonctionne à merveille. L'auteur change ostensiblement la cadence par rapport aux deux premiers tomes, et ce troisième, certainement le plus réflexif de tous, recèle une intensité psychologique très aboutie.»

(Laurence Soumagne, Librairie *Les Mots vagabonds*, *Page des libraires*)

Mis en pages par DV Arts Graphiques à La Rochelle
Achevé d'imprimer en France par CPI Aubin Imprimeur

Dépôt légal : septembre 2012
Loi n° 49.956 du 16 juillet 1949
sur les publications destinées à la jeunesse
N° d'éditeur : 10191544